그립고

그립고

그립다

그립고 그립고 그립다

멈춰진 시간 속에서

사랑하는 보리에게

조병준 지음

PRISM

보리들을 위해 쓴다

보리와 약속 했다. 너를 써서 사람들이 알게 하겠다고.
너무 오래 걸려 미안하다.

보리는 이 세상에 소풍 온 것 같다고들 했다.
짧지만 행복한 소풍이었길.

보리 천사에게 고맙다.
아내와 나의 아이들 진인사, 대천명, 마루에게도 그리고 보리 할머니께도….
보리는 여전히 우리들 마음속에 그리고 우주 어딘가에 살아있다. 더 넓게!

허락한다면 웃고, 떠들고, 놀고, 쏟고, 떼쓰고, 놀라고,
춤추고, 노래하고, 안아주고, 장난치고, 자라고,
가끔은 아프거나 떠나는 모든 보리를 위해 쓴다.

그들이 왜 우리에게 왔는지 조금 더 일찍 알 수 있기를….
더 오래 사랑할 수 있도록,
더 행복한 소풍을 위하여

목차

〈3부〉 다만 그러하다

1부

보리, 오다

사람이 온다는 건 실은 어마어마한 일이다.
그의 과거와 현재와 그리고 그의 미래와 함께 오기 때문이다.

– 정현종의 시 〈방문객〉 중에서

세상으로 맞이하다

예정일을 몇 달 앞두고 탯줄을 집는 클램프, 일회용 메스, 거즈 등이 담긴 출산용품 봉투가 도착했다. 조산사 선생님은 아기가 갑자기 먼저 나올 때를 대비해 사용법도 미리 일러 주셨다. 두 번 함께한 경험이 있었기 때문에 해낼 수 있을 것 같았다.

아내의 진통이 시작되었다. 경기도에서 경상북도까지 가깝지 않은 거리를 열 일 제쳐놓고 오셨던 선생님은 기다리고 기다리다 진통이 잦아들자 아직은 때가 아니라며 발길을 돌리셨다.

며칠 후, 이번엔 진짜 진통이 왔다. 이슬이 비쳤다. 다급해졌다. 선생님은 밤 12시쯤 도착하셨다. 자궁이 아직 덜 열려 읍내에서 대기하고 있을 테니 진통이 빨라지면 바로 연락 달라며 문을 나섰다. 아내는 진통이 몰려오면 눈을 감고 몸을 떨며 참아 냈다. 시계가 네 시를 향해 갈 무렵 진통 간격이 갑자기 빨라져 급하게 연락을 했다. 선생님을 기다리는 동안, 소변이 마려운 것 같다는 아내를 화장실로 부축해 갔다. 내 손을 잡고 일어서던 아내가 갑자기 느낌이 좋지 않다며 금방이라도 아기가 나올 것 같다고 했다. 한 걸음 한 걸음 힘겹게 발을 떼며 방으로 돌아가다, 내 팔을 더 꽉 붙잡았다. 지금 나오는 것 같다고 했다. 정말 까만 머리가 보였다. 뛰다시피 방으로 들어서자마자 선 채로 양수와 함께 머리가 나오기 시작했다. 난 손으로 새까만 머리를 감싸 안았다. 아내가 본능적으로 엎드리자 어깨, 팔, 등, 엉덩이, 다리, 발이 물밀 듯 나왔다. 그렇게 작은 생명, 보리가 세상으로 나왔다.

다급하게 문을 열고 들어오시던 선생님은 아기를 안고 있는 내 모습을 보시고는 박장대소 하셨다. 보리는 엄마와 탯줄로 이어져 있었다. 태지나 피 한 방울도 묻지 않은 깨끗한 몸이었다. 작지만 딴딴했다. 처음에는 울지 않았지만 시간이 지나면서 우렁차게 울기 시작했다. 지구에, 우리 집에 잘 도착했다는 인사였다. 아무것도 잘못된 것이 없었다. 아내는 땀으로 온몸이 젖어 우리를 보고 있었다. 고통스러움, 아기에 대한 궁금, 다시 해낸 것에 대한 대견함이 아내 표정에 담겨 있었다. 보리 울음소리에는 서러움이 묻어났다.

"그렇게 힘들었어? 이제 괜찮아, 괜찮아."

선생님이 달래주셨지만 보리는 쉬이 울음을 그치지 않았다. 이윽고 나에게 탯줄을 만져보라고 하셨다. 하얗고 미끌미끌한 탯줄이 따뜻했다. 그리고 세차게 뛰고 있었다. 박동이 약해지면 자를 거였다. 보리는 아내의 배 위에 올라가 쉬다가 바둥바둥 젖을 찾으며 보챘다. 그리고는 젖을 물자 울음을 그치고 편안하게 눈을 감은 채 젖을 빨았다.

난 작고 어린 발을 조심스럽게 쥐었다. 따뜻한 손을 기억해 언제든 내 손길이 닿으면 편안해지길 바라는 마음이었다. 엄마 젖을 물자 울음을 그쳤다. 이제 잘라도 되겠다하여 클램프로 탯줄을 집고 여러 번 가위질을 하여 질긴 탯줄을 잘랐다. 눈물이 격렬하게 쏟아졌다. 이제 보리는 당당한 생명으로 혼자 숨 쉬며 이 세상을 살아가게 되었다.

미리 준비한 편지를 보리에게 읽어주었다. 세상에 나와 처음 듣는 목소리가 엄마, 아빠 목소리여야 한다는 선생님의 출산 전통이었다. 우리를 선택하고 와 주어서 고맙고 앞으로 최선을 다해 보살피겠다고, 우리와 행복하게 지내자고, 사랑한다고 건강하게만 자라달라고 썼다. 눈물 콧물 범벅이었다.

새벽 네 시였다. 토끼 해, 토끼 달, 토끼 날에 태어났다.

보리가 우는 소리를 듣고 장모님과 진인사, 대천명이 건너왔다. 방금 태어난 보리를 서로 안아보려고 난리였다. 아내에게 미역국과 흰쌀밥을 지어다 주었다. 기진맥진 기운이 없어 억지로 상 앞에 앉았지만 두 끼를 먹지 못해서인지, 보리에게 뽀얀 젖을 듬뿍 먹이고 싶어서인지 한 그릇을 말끔히 비웠다.

보리의 태반은 다음날 뒤꼍 감나무밭 중간쯤 물길을 피해 들짐승이 넘보지 못하게 깊이 파서 묻어 주었다. 여섯 달 동안 감나무를 돌보며 보리와 늘 함께 지냈다. 경운기 사고로 다리가 부러진 뒤에 힘든 일은 아직 못하고 있을 때였다. 3개월 뒤 아내는 복직을 했고 일하는 동안에 젖을 짜 얼려 오면 다음 날 데워서 먹였다.

내가 죽어 살아온 날들을 영상으로 보게 된다면 보리와 함께 보낸 처음 여섯 달에 오랫동안 머물고 싶다.

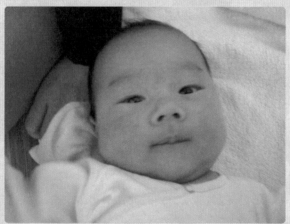

형은 이 사진을 보며 보리가 천사였던 것 같다고 했다. 2011. 5 (2개월 즈음)

하얀 호랑이

털이 북슬북슬하고 검은 줄무늬가 굵은 커다랗고 하얀 호랑이였지
미소 지으며 다가오더니 오른쪽 발목을 콰악 물지 뭐야
놀라 잠에서 깼던 거야

경운기 핸들에 깔렸어
하얀 호랑이가 문 바로 거기
뼈는 부서지고 인대가 다 끊어졌대
거기가 아니었으면 죽었을지도 몰라

엄마는 단지 살아있음에 고마워했지
그런 사랑 나눴지
2010년 5월 24일, 그 때 보리가 온 거야
하얀 호랑이였던

갈 때도 미리 알려주었는데
올 때처럼 아무것도 몰랐지

그렇게 보낼 줄 알았으면 그때 사랑하지 말 걸
다른 부모에게 가는 게 나을 걸
그런 생각도 해 보았지만
다시 그때로 돌아가도
하얀 호랑이에게 발을 내어줄 거야

하얀 호랑이, 보리 2011. 7

엄마 선생님

2011년 9월, 1년 6개월간의 치료와 요양을 마치고 취직을 했다. 6개월간 돌보던 보리를 이제는 누군가에게 맡겨야 했다. 문경 마성면 사무소 뒤, 바람이 숭숭 들어오는 촌집에 살던 때였다. 근처 어린이집에는 자리가 없었다. 취직한 회사는 상주. 출근길에 점촌시내에 들러 보리를 맡겼다가 퇴근길에 데려와야 했다. 모집기간이 아니라 시내에도 빈자리가 없었다. 어렵사리 구한 곳은 조명이 어둡고 시설이 열악했다. 그러니 자리가 남아있겠지. 어쩔 수 없었다. 6개월 내내 품에 안겨있던 보리는 적응을 잘 하지 못했다. 당연했다. 맞벌이 부부의 비애였다.

아빠 엄마는 보리가 알아듣지도 못할 말로 열심히 설명한뒤 꼬까 옷을 입히고 기저귀 가방과 젖병을 챙긴다. 차에 태우고 카시트에 앉혀 안전벨트를 묶는다. 늘 안겨있던 보리, 어디론가 여행을 떠날 때만 타던 카시트를 아침부터 태운다. 느낌이 이상하다. 미안해하는 눈치.

가서는 안 될 곳으로 가게 된다는 낌새를 알고 몸을 꼿꼿이 버티며 보채기 시작한다. 고집이 센 보리는 가는 내내 울면서 몸을 돌려보고 벨트를 밀어내지만 아빠는 벨트를 풀어주지 않는다. 어쩔 수 없다. 안쓰러워도, 마음이 쓰리고 너무 안됐지만. 어린이집 앞에 차를 세우고 안아주니 눈썹이 눈물에 촉촉이 젖은 채로 배시시 웃는다. 어린이집 선생님이 보리를 안는다. 아빠가 빠이빠이를 하며 뭔가 설명을 한다. 불안하다. 울기 시작한다. 우는 소리를 뒤로하고 회사로 향한다. 회사에서도 등이랑 배가 허전해 보리 생각뿐이다. 일을 가르치는 팀장에게 첫날부터 정신이 나간 것 같다고 몇 번이나 주의를 받는다. 퇴근이다. 드디어 데리러 간다. 안겨나오는 보리, 얼마나 울었는지 눈이 부었다. 첫 날은 어쩔 수 없다며 그래도 낮잠은 조금 잤다고 하는데 곧이들리지 않는다. 보리가 웃으며 나에게 달려든다. 눈물이 날 것 같다. 꼭 안아주고 카시트에 앉히려고 하지만 또 몸에 힘을 준다. 엄마 찌찌 먹으러 집으로 가자고 달랜다. 가다가 샛길에 차를 세우고 한 번 더 안아준다. 이제야 내 몸이 완전해 진 것 같다. 보리가 잠이 든다. 보리를 안고 천천히 운전을 한다. 엄마가 대문 밖까지 나와 기다렸다가 차를 세우고 보리를 안는다. 긴 하루가 그렇게 간다.

다음날은 너무 딱해서 아기 띠로 업고 딸랑이를 쥐어주고 의자를 한껏 뒤로 젖힌 채 어린이집으로 향한다. 동요도 미리 틀어놓는다. 어린이집 앞, 떨어지지 않으려고 나를 꼭 붙든다. 보리에게 사정을 해 본다. 선생님이 보리를 내 품에서 잡아 떼어낸다. 보리의 손과 발이 나를 향해 디귿자가 된다. 눈을 마주치면 안 된다. 이렇게 상처를 주는 게 부모인가. 회사에 전화를 한다. 아기가 떨어지지 않으려고 해서 조금 늦을 것 같다고. 노처녀 팀장과 중견기업 간부 출신 공장장이 엄마는 어쩌고 왜 아빠가 난리냐, 어이없다는 투다. 몇 주를 그런 날들을 보내면 보리도 회사도 그럭저럭 받아들일 줄 알았다. 매일 아침 울고 떼어내기를 반복했다. 떨어지고 나면 잘 논다고 하지만 퇴근 후 데리러 가면 늘 눈이 부어있고 애타게 끌어안았다.

보리는 끝내 적응하지 못했다. 대기 등록을 해 두었던 꿈나무 어린이집에서 연락이 왔고 그곳에서 박 선생님을 만나게 되었다. 그해 시월 점촌 근처의 넓은 옥상이 있고 깨끗한, 붉은 벽돌 2층 집으로 이사를 했다. 그리고 5년 후 보리가 떠날 때 엄마 뱃속에 있던 동생 마루도 꿈나무 어린이집에 다녔다.

2012년 6월, 보리 두 살 무렵(15개월) 박 선생님과 주고받은 알림장에 나는 이렇게 썼다.

"저녁 8시에 자서 5시에 일어났어요. 보리는 일어나서 잘 안 울어요. 형들 클 때는 아기는 자고 일어나서 우는 게 당연한 건 줄 알았어요. 보리는 일어나서 기척이 없으면 화장실에 와서 문을 두드려요. 아빠라는 말을 할 줄 알면서도 저한테도 엄마라고 불러요. 선생님께도 엄마라고 하나요?"

박 선생님은 아직 선생님이라는 말을 할 줄 몰라 당연히 '엄마'라고 부른다고 했다. 그리고 얼마 후 이런 소식을 보내 주었다.

보리가 오늘은 자면서 엄마 꿈을 꾸었는지 "엄마"라고 불러서 "엄마, 여기 있네." 라고 얘기해 주었더니 다시 코 잠이 들었답니다. 보리 커가는 모습이 너무 예뻐요.

보리가 "엄마! 엄마!"하면서 얼마나 따라 다니는지 정말 제가 엄마가 된 것 같아요. 너무 기분이 좋습니다.

그 해 9월 18일에는 드디어 "선생님!"이라고 했다며 너무 기분이 좋다고 했다. 그 때로 돌아가 울고 웃고 가슴 저리게 했던, 기억에 담아두고 싶은 선생님의 글을 적어본다.

보리가 요즘은 형아, 친구, 동생들까지 너무너무 예뻐해 주고 사랑표현을 얼마나 많이 해주는지, 함께 안고 넘어질 때도 있고…. 보리가 얼마나 사랑을 많이 받고 자라는지 놀이에서도 나타난 답니다. 어머님, 아버님 감사합니다. 예쁜 보리랑 즐거운 주말 보내세요.

예쁜 그림 동화 책을 보는데 맛있는 딸기가 나오자 제 입에 넣어주는 것 있죠.

아이에게 사랑받는 이 느낌은 아이를 낳아 기르고 돌보지 않고는 알 수가 없다.

보리가 9개월 된 아기에게 우유도 갖다 먹여주기도 해요. 대견하고 기특한 행동을 많이 합니다. 친구 입에 이유식이 조금 묻으니 울 보리가 손수건으로 닦아 주기도 하고요. 나운이 누나는 얼마나 좋아하는지 정말 조심스럽게 만지는 보리 행동이 너무 예쁩답니다. 보리가 사랑을 많이 받고 자라는 것 같습니다.

원에서 노는 것을 보면 형아들이 보리를 많이 예뻐 해주는 게 보인답니다. 예쁜 짓을 많이 하는 울 보리, 사랑받기 위해 태어난 울 보리 정말 사랑스럽습니다.

저희도 너무 예쁜데 어머님, 아버님은 오죽 하시겠어요? 요즘 얼마나 큰 소리로 웃는지 절로 웃음이 나옵니다. 오늘은 엎드려서 책을 읽는데 제 등 위에서 어느새 새근새근 잠이 들었어요.

잠자고 있는 보리 옆에서 몇 자 적어봅니다. 어쩜 이렇게도 예쁘게 생겼는지 보면 볼수록 입가에 미소가 절로 지어진 답니다. 오늘은 "선생님! 선생님!"하며 뒤를 졸졸 따라 다니네요. 병아리처럼.

그렇게 박 선생님은 보리의 '엄마 선생님'이 되었다. 그리고 선생님이 떠난 꿈나무 어린이집에 무거운 마음으로 우는 보리를 또다시 뜯다시피 떼어놓다가 12월 26일부터 이듬해 3월 엄마 선생님이 소개한 어린이집에 보낼 때까지 선생님 댁에서 사랑을 듬뿍 받으며 지냈다.

보리가 떠난 지 7년이 지난 2022년 10월, 그러니까 엄마 선생님과 알림장으로 대화를 주고받은 지 10년 후까지 보리는 엄마 선생님 꿈에 찾아와 보채고 떼를 쓰며 어리광을 부리다 갔다고 했다.

두 살, 여름 2012. 7

'엄마 선생님'과

2012. 12. 26. 수요일

선생님 고맙습니다. 뭐라 감사 말씀을 드려야 할지 모르겠습니다. 어제는 외할머니, 엄마, 형아들하고 아주 잘 놀았고 밥도 최고로 많이 먹었답니다.

어린이집에서는 반찬으로 어떤 걸 잘 먹었나요? 집에서는 감자볶음, 무나물 볶음, 된장국, 카레, 참기름 넣은 비빔밥 이런 걸 잘 먹습니다. 오늘은 첫날이니까 야채를 넣은 된 죽을 보내드립니다. 물티슈랑 기저귀도 보내고요.

선생님과 행복한 시간을 보낼 보리를 상상하니 흐뭇해지네요. 참, 혹시 놀다가 다치더라도 걱정하지 마시고 부담 없이 연락 주세요.

보리를 집으로 받아 준 선생님 가족께도 진심으로 감사드립니다.

저희 집에도 막둥이가 어린이집 방학을 해서 보리랑 피아노도 치고 그림도 그리고 동화책도 읽고 즐거운 시간을 보냈습니다. 친정어머니께서 몸이 좀 불편하셔서 당분간 저희 집에 머물게 되었습니다. 처음엔 조금 낯설어 하더니 다행히 금방 친해져서 '할머니'라고도 불러주고 예쁜 짓을 많이 해 주었답니다. 보리는 편식을 하지 않는 편이라 골고루 잘 먹었던 것 같습니다. 집에서 잘 먹는 반찬 외에 땅콩조림, 김, 메추리알, 돼지고기 장조림 등….

그동안 안 본 사이에 더 많이 의젓해진 것 같아요. 떼 한 번 쓰지 않고 편안하게 놀다가서 저도 너무 행복하답니다.

2013. 2. 27. 수요일

보리가 사라누나를 참 좋아하네요.

태어나서 세 돌 될 때까지가 가장 중요한 시기라고 하던데 이제 1년이 남았습니다. 지난 1년 반 동안 선생님께서 듬뿍 사랑해주셔서 정말 감사드립니다. 저희는 맞벌이를 하니 어쩔 수 없이 보리를 누군가에게 맡길 수밖에 없는데, 마침 선생님을 만나게 되어 정말 다행입니다. 선생님 덕분에 저희도 보리를 더 사랑할 수 있었고 앞으로도 그럴 것 같습니다. 보리한테도 좋은 일이겠지만 저희에게 더 좋은 일이었습니다. 고맙습니다.

사라도 보리를 많이 좋아합니다. 보리가 예쁜 짓을 많이 하잖아요. 어디를 가도 누구에게나 사랑받을 아이랍니다. 이렇게 예쁘고 사랑스런 보리를 만날 수 있어서 너무 감사했고 훌륭하신 부모님을 만날 수 있게 된 게 저에겐 큰 축복이었답니다.

오늘은 사라랑 보리를 데리고 실내체육관에 갔다 왔습니다. 둘이 많이 닮았다고 하네요. 돌아오는 길에 놀이터에서 신나게 놀다 점심도 안 먹고 쿨쿨 잠이 들었답니다.

세상에 둘도 없는 천사 우리 보리, 오늘 따라 더 예쁘고 사랑스럽네요.

2013. 2. 28. 목요일

2월의 마지막 날이 오고야 말았네요.

선생님 글 마지막 부분을 읽으니 흐뭇한 미소가 지어지면서도 마음이 짠하네요.

문경으로 오기 직전, 진인사와 대천명이 다니던 어린이집이 있었어요. 안산YMCA에서 운영하는 어린이집이었는데 봄이 와 날이 따뜻해지면 주말에 학부모, 아이들 다 같이 산에 놀러 가서 비빔밥을 비벼 먹고 놀다가 헤어지기도 했습니다.

진인사 담임선생님이 마지막 날 썼던 편지를 생각하면 지금도 눈물이 날 것 같아요. 선생님은 진인사가 너무 보고 싶을 것 같아서 눈물이 나는데 진인사는 시골로 간다는 사실이 마냥 좋은지 아랑곳없이 친구들과 잘 놀고 있다고. 그런 느낌입니다.

보리는 정말 천사일지도 모르겠어요. 모든 부모에게 자식은 다 그렇겠지만요.

요즘같이 겉을 중시하고 먹을 것, 보는 것, 들리는 것이 다 자극적이고 돈이면 뭐든 다 될 것 같은 시대에 더 중요한 걸 일깨우기 위해 천사들이 오기도 한다던데 보리도 그런 천사가 아닐까 싶어요. 보리가 정말 천사 같을 때나 똥 싸고 음식 엎지르고 떼쓰고 아토피로 벅벅 긁어댈 때, 그 어느 때라도.

저는 형제들과 멀리 떨어져 있어서인지 형제들에게도 '사랑'이라는 단어를 사용하기가 쉽지 않은데 글이긴 하지만 선생님께는 이런 말이 쉽게 나오는 걸 보면 선생님 가족 모두 천사가 맞을 거라 생각합니다. '아찌'(사라 아버님)는 잘 기억나지 않고 사라언니, 오빠는 아직 본 적 없지만 마음으로 선생님과 가족 모두에게 사랑을 전합니다.

언제 저희 집에 오셔서 식사 같이 해요. 소풍가는 것도 좋고요.

언제나 헤어질 때면 늘 아쉬움이 남는 것 같습니다. 보리는 잠깐이었지만 더 특별하고 소중한 만남이었습니다. 너무 감사할 뿐입니다.

오늘은 보리도 마지막인 걸 예감했는지 평소와는 다르게 스케치북에 긁적이기를 하다가 '선생님'이라고 부르면서 그림을 가리키며 선생님이라고 얘기해주고 또 긁적이기를 하다가 보리라고 얘기를 해주었답니다. 순간 눈물이 핑 돌았답니다.

사랑스러운 우리 보리를 안아주고 뽀뽀해주고 헤어지는 게 이렇게 힘든 줄 몰랐습니다. 많이 많이 보고 싶을 거예요. 기회가 되면 보리 집에 한 번 놀러 가도록 할게요. 좋은 인연 참 감사합니다. 항상 행복하세요.

두 살, 보리와 상주 북천에서 2012. 11

세 살, 홍 선생님과

2013. 4. 11. 목요일

잘 때 노래해 달라고 하니까 "빠빠빠 맘맘마 이것저것 예쁜 아기 하는 말", "나비야 나비야" 노래를 불러 주었습니다. 그 노래 들으면서 저는 잠들었습니다. 보리는 자기 가슴을 토닥토닥하면서 자장자장 하더니 잠들었다고 합니다.

어젯밤에는 변기에 앉아서 힘을 주었는데 쉬만 조금 쪼르르 나와서 마주보고 서로 멋쩍게 웃었습니다. 태어나서 처음으로 그렇게 웃어 보는 것 같이.

보리가 잠이 오면 제가 옆에 눕거나 앉아서 토닥토닥 해주어서 그런 것 같기도 해요. 보리는 잠을 정말 푹 잘 자서 부럽답니다. "보리 예뻐"라고 눈을 보고 이야기를 많이 해주었더니 기분이 최고예요.

2013. 4. 22. 월요일

주말 잘 보내셨나요? 보리네는 잘 보냈습니다. 토요일에 넘어져서 턱에 상처가 나긴했지만….

일요일에는 삼형제 머리를 깎아 주었습니다. 보리 머리를 제일 못 깎았다고 엄마는 속이 많이 상했는데 제가 보기엔 귀엽기만 합니다.

집 안에 있는 화분 꽃을 뜯어 놓았길래 그렇게 하면 꽃이 "아야야"한다고 했더니 "꽃 울어?"하고 물어봅니다. 그러고는 "못난이, 못난이" 그럽니다. 아프면 울어도 된다고 했습니다. 꽃잎은 뜯지 않기로 했고요.

보리 머리 스타일을 이번에는 아주 형님같이 만들어 놓으셨어요. 제가 멋있다고 하자 쑥스러워 어쩔 줄 모른답니다. 제가 투정부려서 우는 친구에게 "못난이"라고 했더니 보리가 운다는 소리에 '못난이'라고 표현했나 봐요.

친구들과 선생님이 새롭게 들려주는 동화에 두 귀가 쫑긋 아주 집중해서 듣고 소리도 흉내 내요. 친구들이 소리 내자 "아니 아니."하며 보리가 더 크게 흉내 내는 모습은 더 예쁘답니다.

2013. 5. 2. 목요일

어제 엄마랑 얼마나 재밌게 놀았는지 6시 조금 넘어 자서 아침 6시쯤에 일어났습니다.

요즘은 일어나서 엄마 아빠 안 찾고 혼자서 잘 놀고 있습니다. 오늘은 벽에다 그림 그리면서 놀았습니다. 뭘 달라고 할 때 다른 말을 하면 "어 허!"하면서 입을 막습니다. 어디서 배웠는지….

날씨가 많이 따뜻해졌네요. 좋은 하루 보내세요.

제가 "보리야, '어 허!'는 누구한테 배웠어요?"하고 물었더니 "아빠가~"라고 해서 쳐다보며 보리랑 함께 웃었답니다. 이제 점점 장난꾸러기가 되어가는 것 같아요. 좀 더 시간이 지나면 더 엉뚱한 말과 행동으로 조금은 당황스러울 때도 있답니다. 그래도 '보리가 그런 행동과 말을 할 때가 되었구나' 하고 이해하시고 너무 놀라지 마세요. 커가면서 한 번씩 해 보는 놀이라고 생각하시고 자연스럽게 넘겨주시면 보리는 더 잘 자랄 수 있을 거예요.

문경 돈달산에서 업어달라고 2013. 5

2013. 5. 14. 화요일

엊그제는 보리랑 놀면서 부모가 아이를 성장할 때까지 기다려 주는 게 아니라 오히려 아이가 정말 부모다운 부모가 될 때까지 여러 방법을 써가며 기다려 주고 기회를 주고 있다는 생각이 들었습니다.

아이들을 보며 저도 많이 반성하고 아이들의 눈높이에 맞춰주려고 하지요. 보리는 선생님 앞에서는 언제나 '최고'이기를 바란답니다. 제가 멋진 보리가 제일 좋다고 해서 그런가 봐요.

2013. 5. 24. 금요일

보리가 혼자 노래 부를 때 '나는 나는 못난이'를 하더라고요.

집에 있을 때는 콩을 먹다가 주르륵 쏟기도 하고 반찬 그릇 안에 물통을 넣어 보기도 하고 이 반찬 저 반찬 쿡쿡 찔러보기도 하고 안 먹는다고 떼도 써보고 어린이집하고는 많이 다를 텐데 어제는 당연하다는 생각이 들더라고요. 보리한테는 대부분 처음이니까 이것저것 해 보고 싶겠죠. 어린이집과 집에서 행동이 다른 게 당연하다 생각하는 게 속 편할 것 같아요.

제가 보리는 정말 인지력이 높은 왕자님이라고 말씀드렸죠. "색깔 노래"인데 개사를 해서 "나는 나는 못난이"하며 불러서 "보리 못난이 하려고요?"하면 "아니야"하며 웃는답니다.

맞아요. 단체 생활과 집안의 생활이 많이 다르고 특히 엄마 아빠랑 함께하면 더 그렇죠. 가족이니까 이해할 수 있고 받아들여지는 것 같아요. 그래도 보리가 처음 선생님을 만났을 때보다 더 많이 자란 것 같아 뿌듯하답니다.

2013. 6. 18. 화요일

보리를 보면서 '더 안 크면 좋겠다, 지금이 딱 좋다, 지금보다 더 자라면 저 예쁜 모습 못 보겠지'하는 생각 자주 듭니다. 그런데 예상치 못한 모습으로 변해가기 때문에 보리를 마주하고 있는 순간순간이 다 좋은 것 같습니다. 늘 지금이 제일 좋고 또 다음 지금도 좋을 것입니다.

저도 그렇게 생각할 때가 많이 있지만 아이들이 커가면서 새로운 모습이 많이 나타나니 더 신기하고 새롭답니다. 보리도 저랑 처음 만났을 때보다 많이 변해서 아이들의 모습을 보며 저 자신을 돌아보게 된답니다. 그래서 저는 어린이집 선생님이라는 일이 저에게 너무나 행복한 일이라는 것을 느끼고 항상 감사한답니다.

고구마와 두유를 함께 먹는 모습은 더 예쁘고 귀엽답니다. 친구들과 방울 벨을 손목에 끼고 노래에 맞춰 움직이는데 노래도 정말 다 외우고 있을 정도입니다. 언제 봐도 사랑스러운 보리 왕자입니다.

2013. 6. 28. 금요일

눈높이를 맞춘다거나 상대방의 입장이 된다거나 하는 말, 흔한 말이지만 참 어려운 말인 것 같아요. 뭔가를 쏟거나 소란을 피우거나 말썽을 일으키면 아이의 입장이 되어 얼마나 재미있었을까 하는 생각을 하기 정말 어려워요. 그런 상황에서 저도 늘 혼나면서 자란 상처를 아이들한테 그대로 대물림하는 악순환을 반복하는 게 아닌가 하는 반성도 하고요. 선생님 조언이 정말 도움이 많이 됩니다. 감사드립니다.

항상 제가 부족하기에 돌아보며 새롭게 변화하려고 합니다. 그래서 아이들과 함께 있으니 저에겐 항상 에너지 충전이 된답니다. 제가 한번은 교육 갔을 때 교수님이 그러셨어요. 우리는 항상 아이들에게 감사해야 한다고요. 넘치는 에너지를 매일 나누어 주니까요.

보리는 친구들과 소꿉놀이 하며 음식을 만들어 선생님과 친구들에게 나누어 주느라 바빠요. 마음씨가 너무 예쁜 왕자이지요.

2013. 7. 10. 수요일

보리를 보면서 많이 돌아보게 됩니다. 그래서 아이들이 어른의 스승이라고 하나 봅니다. 보리가 우리에게 특별하기 때문에 보리 또래의 다른 아이들보다 특별할 거라는 기대와 착각을 하는 경우가 많습니다. 보리보다 어린아이인데 보리가 못하는 걸 하면 샘이 나기도 하고 보리에게 바라는 마음이 생겨나기 시작해서 보리도 힘들게 하고 저도 피곤해지기도 합니다. 보리가 '지금 있는 모습 그대로 저를 봐 주세요'하며 수없이 기회를 주는데도 마음은 자꾸 다른 걸 보곤 하네요.

저도 노랑반 친구들을 칭찬해 주면 기분 좋은데 안 좋은 말을 들으면 속상해요. 팔이 안으로 굽는다는 말이 실감 난답니다. 그렇지만 모든 사람은 있는 그대로를 바라봐주고 인정해 주는 것이 가장 힘들지만 가장 잘하는 일이라고 생각합니다. 아이들도 한 인격체로 인정해 주시면 더 예뻐 보이실 거예요. 저도 가끔 속상해서 큰 소리도 내지만 금방 후회하고 미안해합니다. 보리는 정말 영리하고 예쁜 왕자이지요. 칭찬 해주고 인내해 주며 기다리면 어느새 달라질 거예요.

2013. 10. 11. 금요일

아이들이 선생님을 시험할 때 선생님은 어찌 하시나요? 어떤 날은 아이들이 엄마 아빠가 얼마나 나를 사랑하는지 알고 싶은 게 아닌가 하는 행동을 할 때가 있습니다. 어쩌면 거의 매일이겠죠. '그렇게 많은 기회를 주는데 왜 그대로일까?' 보는 아이들이 더 안타까울 것 같습니다.

주말이 되었네요. 보리와 형들을 사랑의 눈빛으로 대하는 주말이 되었으면 좋겠습니다.

그때는 안아주며 사랑한다고 말해주거나 이야기를 계속 받아주고 대화를 한답니다. 저도 사람인지라 화가 날 때도 있지만 금방 웃는 얼굴로 변하지요.

이젠 말수가 많아져서 모두 선생님이랑 이야기하고 싶어 해서 저는 오후가 되면 목이 쉴 정도예요. 대답해 주면 좋아서 질문이 연결 연결 기차 같답니다. 주말에도 세 왕자님이랑 행복하세요.

2013. 10. 22. 화요일

보리는 제가 퇴근해서 현관문을 열고 들어가면 "아빠!"하면서 달려와 매미처럼 안깁니다. 매일이 행복한 퇴근입니다.

보리는 감정이 풍부해서 표현력이 아주 좋은 것 같아요. 또 여러 가지 어휘를 사용해서 가끔 저 혼자 웃음 짓곤 해요. 제가 오후에 어깨가 아파서 손으로 두드리거나 스트레칭을 하고 있으면 "선생님, 팔 아파요?"하며 질문을 해요.

2013. 11. 13. 수요일

늦게 와 보니 모두 잠들어 있고 아침에 보리가 늦게 일어나 무슨 일이 있었는지 잘 모르겠습니다. 집에서도 스스로 입고 신기 연습을 많이 해야겠네요. 보리가 스스로 옷을 입을 때가 되었다니 꿈만 같고 선생님께 감사드립니다. 보리가 태어날 때 생각이 아직도 생생한데….

2013. 12. 16. 월요일

주말 동안에 엄마와 함께 신나게 놀았답니다. 새로 이사 온 집에 이제 적응이 다 되었나 봅니다. 그런데 엄마 갈 때까지 못 일어나네요. 일어나서 엄마가 없으면 입을 삐쭉삐쭉하면서 울상이 되는데….

보리가 이사 간 집에 적응을 잘하니 저도 안심이 돼요. 늦게 등원했지만 선생님이 수업하는 것을 재미있게 듣고 따라 해요. 노래 부르며 엉덩이춤도 추고 몸도 움직이더니 친구들과 신이 났어요. 점심도 스스로 맛있게 먹고 잠을 많이 자서 보리는 이불 덮고 누워서 뒹굴뒹굴하다가 잠깐 낮잠을 잤어요.

선생님이 착한 친구에게 산타할아버지가 선물을 주신다고 했더니 "보리, 착하지요?"하며 선물을 꼭 받고 싶대요. 너무 귀여워서 선물을 안 줄 수가 없겠어요.

2013. 12. 17. 화요일

어제, 저녁을 먹는데 형들이 밥을 제대로 먹지 않아 엄마가 화가 좀 났었습니다. 시키지도 않았는데 보리가 엄마를 꼭 안아주면서 "사랑해, 언제까지나 영원히"라고 해서 우리 모두 한바탕 웃었고, 당연히 엄마도 화가 다 풀렸습니다.

좋은 하루 보내세요.

제가 항상 아이들에게 다른 사람을 배려할 수 있으면 좋겠다는 생각을 가지고 이야기하며 "미안해, 고마워, 사랑해"하고 표현하게 되는데 다행이에요. 아이들과 보리의 잠재의식 속에도 그 마음이 통했나 봐요. 영특하고 귀여운 막내 보리가 어쩌면 형님들보다 더 씩씩한 형님이 되지 않을까 내심 뿌듯해요. 누구에게나 사랑받는 보리가 되기를 바라며 오늘도 즐겁고 신이 나요.

2014. 1. 22. 수요일

진인사 형아 생일입니다. 보리랑 같이 수수팥떡을 만들었습니다. 오늘 아침엔 수수팥떡을 먹고 갑니다. 이제 그만 만들자 했더니 "알았어. 알았다고!"해요. 그래서 "아빠도 알았어, 알았다고"하니 "에이~ 따라 하지 마." 그럽니다.

보리랑 즐겁고 행복한 아침이었습니다. 좋은 하루 보내세요.

형아 생일이니 더 즐거웠겠어요. 지난 금요일부터 월, 화 계속 생일파티가 있었답니다. 보리는 이제 보리보다는 조김현이라는 이름에 익숙해지고 있어요. 제법 의젓한 목소리로 "선생님 보리는 조김현이지요?"라고 해요. 정말 멋지다고 칭찬해 주었어요.

2014. 2. 5. 수요일

어제는 정말 데려다주기 가장 힘든 날이었습니다. 옷 입히기도 힘들었고 어린이집 앞에서도 안겨서 떨어지지 않으려고 하는 보리를 억지로 떼어 어린이집으로 보냈습니다. 저도 하루 종일 기분이 좋아지지 않았습니다.

회사에 손님이 오셔도 빨리 돌려보내고 싶고 이렇게 사는 게 맞나하는 생각이 떠나지 않았습니다. 그런데 저녁때는 얼마나 신나게 뛰어놀고 재롱 피우며 노래를 부르는지 일주일 치를 다 웃은 것 같았습니다.

보리가 빨리 크면 좋겠다는 생각과 지금 이대로 정말 좋다는 생각이 엇갈린 하루입니다.

아이들의 기분은 수시로 변하기 때문에 어린이집에 등원해서 함께 놀이하면 기분이 모두 다 좋아져요. 부모님의 마음은 항상 아이들에게 가 있으니 더 그러셨을 거예요. 그래도 노랑반에 들어오면 달라지니 걱정하지 마세요. 보리가 어리니 조금 난처한 일도 많지만 보리가 주는 많은 행복들이 너무 크니 그것으로 위로 받으셔야겠어요. 이제 한 살만 더 먹으면 부쩍 커버려서 귀여운 이때가 그리우실 거예요. 항상 긍정적으로 생각하시면 모든 일이 평화롭게 잘 해결된답니다.

2014. 2. 21. 금요일

오늘이 노랑반 마지막 날인 거죠? 세 살 때까지 정서적인 관계 형성이 평생을 좌우한다고 하던데 선생님을 만난 보리는 행운아라고 생각해요. 많이 감사드려요. 선생님과 인연을 잊지 못할 거예요. 고맙습니다.

한 해 동안 관심 가져 주시고 사랑으로 함께 해 주셔서 너무 감사드려요. 보리를 만날 수 있어서 너무너무 행복했어요. 행복하고 소중한 만남을 추억으로 꼭 간직할게요. 보리가 더 의젓한 형님이 되도록 오렌지에서 많이 노력할게요. 언제, 어디서 다시 만나더라도 큰 기쁨이 되는 만남이 되도록 새 학기에 더 새로운 모습으로 만나 뵐게요.

네 살, 현 선생님과

2014. 3. 4. 화요일

보리랑은 자주 얼굴도 보고 이야기도 하고 그래서 어색해하지 않을 줄 알았는데 아직은 저만의 생각인가 봅니다. 잘 이야기 하다가도 한 번씩 어색해 하더라고요.

어제, 오늘 선생님 이름, 친구들 이름 익히며 이름 부르기를 하였는데 다른 친구들은 저에게 분홍반 선생님, 빨강반 선생님이라고 하는데 보리만 제 이름을 기억하더라고요. 집에서도 제 이름을 기억할 수 있게 알려 주셨나요? 보리가 기억하고 있는 제 이름에 괜스레 감동적입니다.

2014. 3. 7. 금요일

불과 몇 달, 몇 주 전과 정말 많이 달라진 것 같아요.

보리 생일 잔칫날이네요. 매일 오늘처럼 행복한 날이길 바라요. 분홍반 친구들도….

보리 네번째 생일 2014. 3

2014. 3. 12. 수요일

나무 블록으로 집을 만들어요. 보리네 집인데 너무 작아서 들어가지는 못한데요. 얼마 전에는 돌을 주워 와서 개구리라며 한참을 가지고 놀더니 요즘은 좀 시들해졌어요.

가만 보고 있으면 재미있어요.

아이들의 상상력은 정말 특별한 것 같아요. 돌개구리라니….

블록으로 집을 만들면 항상 저에게 구조를 설명해 주는데 어젠 친구에게 이야기하더라고요. 오늘은 김밥을 넣어 열심히 젓더니 초코를 만들었다고 하며 매운 것도 넣고 하며 길게 이야기해 주었어요.

2014. 4. 9. 수요일

지난밤에는 안 보는 사이에 물감을 짜서 이불에 손으로 그림을 그렸습니다. 신나게요. 어린이집에서 언제 그림을 그렸나요? 물감으로….

이불과 물감놀이를 하였군요. 그것도 신나게…. 아직 오렌지에선 물감을 사용하는 활동이 없어 물감놀이는 해본 적이 없는데 어떻게 알았냐고 하니 잘 모르겠대요. 그래도 다음엔 종이에 꼭 하기로 약속했어요. 그래서 그런지 보리 손이 까맣네요.

오늘은 보리가 '커피예요' 하며 커피를 몇 잔째 주는지…. 밤에 잠을 못 이룰 것 같습니다.

2014. 4. 10. 목요일

어제 깜빡 잊고 보리랑 약속한 걸 못 지켰어요. 그저께 저녁에 두릅도 먹고 봄나물을 먹었는데 선생님께도 말씀드린다고 했거든요. 잘 주무셨나요? 보리가 드린 커피는 잠이 잘 오는 커피였을 거예요.

이제는 정말 봄이네요. 온 세상이 꽃 천지예요.

보리가 두릅도 먹나요? 진짜 가리는 것 없이 잘 먹네요. 두릅을 먹었냐고 물으니 엄마가 산에 가서 버섯을 딴 이야기도 해주었어요. 그리고 옆집 아저씨께서 계란도 주셨다고 하네요. 보리는 자연 속에서 여러 가지 값진 경험을 하며 잘 지내는 것 같아요. 보리가 너무 부럽네요.

이상하게 보리가 준 커피는 단잠을 주는 커피인지 잠을 너무 달게 잤답니다. 오늘 드디어 꽃모종을 심었어요. 오래 기다린 만큼 보리의 쿠키꽃(마가렛)도 보리 사랑받아 잘 심어 주었어요.

2014. 4. 14. 월요일

엄마랑 정말 잘 놀았는데 찔끔찔끔 쉬를 자주 바지에 싸서 옷을 많이 버렸어요. 어린이집에서는 바로바로 쉬 잘하라고 했더니 "아니야, 미리 미리야." 그러네요. 말하는 건 멀쩡한데….

오늘은 건강검진하고 보냅니다.

보리 말로는 많이 아팠다고 이야기하던데 그래도 잘 놀았나 봐요. 아이들이 노는데 열중하다 보면 쉬하고 싶은 걸 잊을 때가 있더라고요.

"보리가 많이 아파서 검진 받으러 갔어요." 라고 해서 보리가 튼튼하게 잘 자라고 있나 검사해본 것이라고 알려주었어요.

신체 검사 2014. 4

2014.4.28. 월요일

요즘 보리 컨디션은 최상인 것 같습니다. 얼굴에서 빛이 나는 것 같아요. 자체 발광!

일요일 아침엔 머리를 깎았습니다.

어제는 승마장에 가서 형아들은 말을 탔는데 보리는 가는 길에 잠들어서 못 탔습니다. 카시트에 앉아서 졸린 눈을 하기에 "보리 자네. 거 봐!"했더니 발끈하면서 "아니야, 생각하는 거야."하더니 잠시 후에 잠들었습니다. 그래서 말을 못 탔죠.

요즘 보리가 기분이 너무 좋네요.

보리 머리가 가벼워졌네요. 아빠가 깎아주셨다고 하는데 맞나요? 보리 말솜씨가 보통이 아닌데요? 생각하는 거라니!

그래도 보리는 하얀색 아이스크림을 먹어 기분이 좋았다 해요.

2014.4.29. 화요일

보리 머리는 거의 제가 깎아줘요.

일요일에 처음으로 형아들이 먹는 하얀 아이스크림을 먹어봤어요. 아직은 이른 것 같아 보리는 안 줬던 거라 먹고 싶어 했거든요.

오늘 아침에는 책을 읽다가 싱크대에서 절구를 찾아 떡을 해서 저에게 줬습니다. 기분 좋게 놀다가 갑니다.

우리 보리, 어제는 많이 자고 왔네요. 컨디션이 좋아 보여요.

절구로 떡도 만들다니 대단한 걸요. 보리가 좋아하는 떡이라고 이야기해 주네요.

2014. 5. 8. 목요일

밖에 비가 오니까 비옷을 입고 간대요. 뽀로로 비옷. 엄마가 "아직 클 걸?"했더니 "그건 걱정하지 말고오~"라고 합니다.

어제 저녁에는 케이크를 사다가 온 가족 생일이라고 생일 축하파티를 했습니다. 보리도 정말 좋아했어요.

비가 오네요. 좋은 하루 보내세요.

보리 말투가 너무 어른스러운 거 아닌가요?

제가 보리를 받지 못해서 뽀로로 비옷이 궁금하다고 보여 달라고 하니까 기다렸단 듯이 보여주었어요. "역시 보리한테 큰 것 같아" 이야기하니 하나도 크지 않다고 해요.

비오늘 날 차 안 2014. 6

보리 쿠키 꽃 2014. 6

2014. 5. 21. 수요일

집에서 보리가 몇 번 벌을 받은 적이 있습니다. 한 번은 몇 주 지났는데, 화난다고 아빠 때렸을 때 빨간 의자에 1분 앉았고 다음에 또 그러면 3분으로 늘리기로 했어요. 또 한 번은 어젯밤에 치카 안 한다고 떼쓰다가 아빠에게 침을 뱉어서였습니다. 형에게 침을 뱉는 일이 있어 벌을 받기도 했었거든요.

그런 행동 안 하기로 약속했는데 어겨서 벌을 주려고 하니까 안 받고 도망 다니다 오늘 아침에 받았습니다. 그리고 그런 행동은 안 하기로 했습니다.

그런 일이 있었군요. 보리가 오렌지에선 침을 뱉거나 하는 모습을 보이지 않아 그런 모습은 생각도 못 해봤는데…. 저와도 약속하였어요. 침 뱉지 않기, 이도 잘 닦기로요.

보리가 어제부터 '다음 식사'를 한다고 이야기하네요. 교실에 있는 재활용 접시, 종이컵, 요구르트 병을 모두 꺼내서 친구들을 먹여요. 다 안 먹었다고 기다렸다가 정리도 하네요.

2014. 5. 22. 목요일

엄마가 "내일 보리 뭐 먹겠네." 하면서 식단을 알려줬더니 요즘은 저녁때 내일은 뭐 먹냐고 꼭꼭 물어봅니다. 오후 간식까지 다 알려줬는데 또 뭐 먹냐고 자꾸 물어봐서 '현○○ 선생님 사랑'이라고 대답했더니 "에이~ 그건 쿠키가 아니잖아." 그럽니다.

엊그제는 데려다주는 길에 경찰서 앞을 지나가면서 "보리 저기 가봤지?"했더니 "응, 가봤어. 저기 내 자리 있어." 그러기에 "보리 너 저기서 근무하니?" 했더니 "에이, 아니야. 나는 오렌지어린이집에서 공부하잖아. 공부!" 그럽니다. 그동안 하고 싶은 말이 많아서 얼마나 답답했을까 싶어요.

아이들이 오늘 간식, 점심 메뉴 많이 궁금해 해요. 간식 먹기 전부터 "오늘은 뭐예요?" 하고 물어보기도 하고 알려주어도 계속 물어보더라고요. 계속 궁금한가 봐요.

경찰서에 있는 보리 자리는 어디일까요? 오렌지어린이집에서 공부한다는 보리 너무 똑똑한데요.

2014. 6. 9. 월요일

6월 6일에는 대전 오월드 가서 버스 타고 사파리 투어도 하고 원숭이, 낙타, 기린 등 아주 많이 봤습니다. 엄마랑 회전목마도 타고요. 얼마나 많이 걷고 뛰었는지 모릅니다. 에너자이저예요. 돌아오는 길에 차에 타자마자 잠들어서 다음날 거의 9시까지 잤답니다. 사파리 투어 버스에서는 "엄마! 우리 버스에서 내려서 보자"고 소리를 질러서 버스 안에 있는 사람들이랑 한참 웃었습니다.

어제와 그제는 엄마, 외할머니, 형아들이랑 신나게 놀았습니다. 어제는 마당가에 보리수도 땄고요.

보리는 사자, 호랑이, 북극곰이 제일 기억에 남았나 봐요. 주말 지낸 이야길 물어보니 동물원 가서 세 종류의 동물 이야길 하네요. 역시 씩씩한 보리네요. 사파리 버스에서 내리자 하다니 무섭지 않았나 봐요.

재미있는 음악이 나오는데 웃는 친구들을 보며 "다들 신났어"라고 이야기하는 보리, 너무 시크합니다.

내일은 감자 캐기 체험 갑니다.

2014. 6. 10. 화요일

보리는 좋겠네요. 감자 캐는 거 엄청 좋아할 거예요. 집 텃밭에서 감자도 벌써 캐봤거든요. 다 자라지도 않은 걸⋯. 보리가 좋아하는 책 중에 『감자와 고구마』가 있어요. 그래서 그런지 감자 반찬이나 국을 아주 좋아해요. 비가 안 오면 좋겠네요.

안 그래도 보리는 감자 반찬이나 국이 나오면 엄청 좋아해요. "항상 많이 주세요!" 합니다.

오늘 보리 집에도 감자밭이 있다고 자랑도 하는 보리예요. 감자를 캐본 적이 있다더니 역시 남다른 솜씨로 감자를 캐요. 손으로 열심히 땅을 파보기도 하고 캔 감자를 얼마나 열심히 담던지요. 감자를 담은 봉지가 묵직한데 보리가 든다고 해요. 감자도 열심히 캐고 간식으로 찐 감자도 맛있게 먹고 왔어요.

2014. 6. 30. 월요일

요즘은 보리 고집이 세져서 제 뜻대로 다루기가 힘들어졌어요. 자기 마음에 안 들면 얼마나 우악스레 주장을 하는지 모릅니다. 성깔이 있어서 화도 불같이 냅니다.

주말 동안에 엄마랑 아주 잘 지낸 것 같습니다. TV에 나온 남자보고 "저 사람 잘 생겼다."라고 말하기에 엄마가 "그럼 아빠는?"하고 물었더니 보리가 "아빠는 잘 웃어"라고 했대요. 그래서 어제 저녁은 아주 행복한 저녁이었습니다.

요즘 아이들이 자기주장이 강해질 시기죠. 뜻대로 다 하고 싶어 하고 네 살이 그런 때잖아요. 그래도 타당하지 않은 것은 따끔하게 해 주셔야지 아이들이 바르게 성장하는 지름길이 될 것 같아요.

보리가 벌써 잘생겼다는 뜻을 알고 있나요? 신기하네요.

대전 오월드 동물원에서 2014. 5

2014. 7. 4. 목요일

보리가 제일 좋아하는 것 중에 물놀이가 있어요. 비누거품 놀이하고…. 욕실에 들어가면 나올 줄을 몰라요. 마당가 수도에서도 물 틀어놓고 놀다 보면 옷을 다 적시고도 아주 흡족한 표정이에요.

요즘이 독립심 키우는 급성장기인가 봐요. 자기 고집대로 안 되면 반응이 점점 세지는 걸 보면요. 너무 사사건건 시비하면 기가 죽을 것 같고 발산하고 요구하는 대로 들어주면 어디서 멈춰야 할지를 모를 것 같고….

네, 어제도 정리하자고 하니 아쉬워하고 끝까지 손을 담그고 놀더라고요.

요즘 보리가 자기주장이 강해서 힘드신가 봐요. 이 시기가 보통 그런 시기인데 그럴 때일수록 규칙을 정하고 지킬 수 있도록 하는 것이 좋을 것 같아요. 만일 고집을 받아주거나 갈팡질팡 육아법을 보여주시면 더 고집이 세지거나 나중에 배려심 없는 아이로 성장하게 될 수 있어요. 규칙을 정해 약속을 지키고 기본생활 습관을 잘 지킬 수 있는 보리가 되도록 도와주세요.

보리가 어디서 마녀를 만났나 봐요. 오늘 하루 종일 구슬로 마녀 집을 만들었다며 보여주네요.

물놀이를 좋아했던 보리 2014. 6

2014. 7. 11. 금요일

저의 태도가 바뀐 건지, 보리의 반항기가 조금 지나간 건지, 착해지는 약을 먹었는지 다시 착해졌어요.

아이들은 때로 '이래도 화 안 내나 한번 보자'고 시험하는 것 같아요. 이제 진짜 아빠가 좀 됐나 보는 것 같기도 하고요. 아직 시험에 합격할 때는 안 된 것 같습니다. 앞으로 또 기회가 많겠죠.

보리가 다시 착해졌다고 하니 다행이네요. 알게 모르게 아버님도 행동에 신경을 쓰셨을 것 같아요. 그래서 보리가 다시 착해진 듯 하네요. 아버님 말씀을 보며 저도 느끼는 점이 있네요. 아이를 양육하며 성장한다는 말이 맞는가 봐요.

안전교육으로 안전하게 길을 가는 방법에 대해 알아보고 잠시 나가 실습도 하였어요.

2014. 7. 23. 수요일

당근채무침이 걱정이 되긴 하지만 다른 건 젓가락으로 될 것 같아 보냅니다.

날이 좀 흐렸네요. 미역국에 아침 맛있게 먹었습니다. 부추김치도 하나씩 먹었습니다.

요즘 집에서는 싱크대를 뒤져서 커다란 그릇을 잔뜩 꺼내놓고 구름빵이나 과일 케이크를 만드는 게 주 업무입니다. 오늘 아침에는 블루베리 케이크를 만들었습니다.

그래도 젓가락을 잘 사용하는 보리예요. 잘 안되면 손으로도 살짝 잡다가 다시 젓가락질을 하는 의지의 보리예요. 결국 젓가락으로 모두 먹었답니다.

부추김치도 잘 먹는 보리는 이젠 정말 형아가 되나 봐요. 집에서도 오렌지에서의 일상과 비슷하네요. 소꿉놀이 교구를 모두 꺼내어 오늘은 따뜻한 물 한 잔을 주더라고요. 그리고 빨래판을 악기 삼아 두드리고 긁어보고 보리보다 큰 빨래를 머리에 써 보고 신이 났어요.

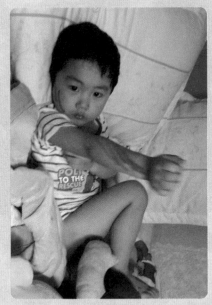

살에 그림을 그리다 2014. 8

그렸다 하면 고래상어

2014. 8. 28. 목요일

요즘 아침마다 어린이집 안 가고 혼자 집에 있겠다고 해서 고민이에요. 며칠 전에 안 갈 거라면 너 혼자 집에 있으라고 했더니 오히려 혼자 있을 테니까 아빠 혼자 가라고 해요.

어린이집에서는 전혀 그런 모습이 없어 몰랐는데 그런 일이 있었군요. 보리에게 거꾸로 잘 오고 있냐고 하니 잘 온다고 대답하네요. 안 간다고도 하지 않았대요. 아이들이 한 번씩 그럴 때가 있더라고요. 집에 있는 게 더 좋을 때. 내일은 씩씩하게 오기로 약속했어요. 지루해하지 않게 매일 조금씩 다른 장난감과 놀이를 제안하는데 다시 즐거운 오렌지가 되어 즐거운 등원이 되길 기대합니다.

2014. 9. 1. 월요일

감기도 다 이겨내고 잘 먹고 잘 자고 잘 놀고 갑니다. 오늘은 소꿉놀이를 한다고 하네요.
9월이 시작되었네요. 행복한 가을 보내세요.

주말 잘 보내셨나요? 외삼촌이 오셔서 식당가서 밥도 먹고 식당에 있는 놀이방에서 재밌게 놀았다고 이야기 해주네요. 혹시 보리 동생이 생겼나요? 엄마 뱃속에 아기가 있다고 이야기하더라고요.
소꿉놀이 한다더니 블록놀이 그림 그리기 많이 하고 소꿉놀이를 했어요.

2014. 9. 2. 화요일

보리가 동생 생기는 거 싫다고 해요. 그래서 안 생겨요. 아직 여유도 없고요.

보리가 좋아하는 요리활동을 하네요. 보리가 낚시하는 걸 가지고 놀면서 낚시가 아니라 방생을 한다고 해요. 형아들이랑 물고기 방생을 해봐서 그런가 봐요.

보리가 아기 이야기를 왜 했을까요?

오렌지에서는 잡은 물고기를 요리 하더니 집에서는 방생을 해주었네요.

금주 기본생활이 엄마, 아빠에게 "사랑해요!"라고 이야기하기인데 보리는 엄마께 뽀뽀까지 해주었다고 이야기해요.

오늘 곱게 한복 입고 성묘 갈 때 할 수 있게 절도 연습해 보고 고사리 손으로 송편을 빚었어요. 할아버지, 할머니, 엄마, 아빠, 형아들과 나누어 먹는다고 해요.

2014. 9. 4. 목요일

보리가 요즘 인디언송을 매일 하더라고요. 어제는 인디언 놀이까지 했군요. 인디언 놀이 어떻게 했냐고 물으니 또 인디언송을 불러요.

요즘 색칠이랑 그림을 그렸다 하면 고래상어를 꼭 그려요. 며칠 전에는 도화지 한 장에 온 가족 물고기를 꽉 차게 그렸어요. 그런데 맨 위에 제일 큰 게 아빠 물고기래요.

브레인 싸인 가을학기에 열 꼬마 인디언 노래가 있어요. 부록 책도 있고 읽어
달라고 하여 몇 번 읽어주었더니 집에 가서 신나게 노랠 불렀군요. 집에서도 고래상
어, 오늘도 등원하자마자 고래상어를 많이 그렸어요.

보리가 가져온 옥수수, 선생님들도 먹고 친구들과도 조금씩 나누어 먹었어요. 다
들 맛있어하네요.

2014. 9. 5. 금요일

보리가 집에서 하는 일 중에 집 짓는 일을 빼놓지 않고 있습니다.
아빠 집은 늘 마당이 넓은 집으로 지어줘요. 요즘엔 마당에 나무도 심
어줘요.

보리가 아빠께 마당이 넓은 집을 선물하고 싶었나 봐요. 오늘은 아빠를 소개했
어요. 이름을 말하고 채식주의자라고 이야기해 주었어요.

도깨비 흉내 내는 친구들 옆에서 산도깨비 노래도 불러주는 센스쟁이 보리예요.
오늘은 쌀을 씻어 밥 짓는 놀이도 하였어요.

2014. 10. 30. 목요일

어제는 책에서 작은 새를 보더니 이 새는 참새라고 합니다. 왜 참새라고 생각하냐고 물었더니 그건 부리가 작기 때문이래요. 어제저녁에는 보리가 저를 여러 번 놀라게 해주었습니다.

보리는 하루에 한 번 이상은 뜻밖의 말을 하며 깜짝 놀라게 하는 것 같아요. 보리가 이런 생각을 할 수 있는 건 환경적인 게 크겠죠?

오전 내내 정웅이와 인형놀이를 하더니 상황극 하며 고등어를 많이 잡았다고 자랑을 해요.

2014. 11. 14. 금요일

오늘이 오렌지어린이집, 선생님께 보내는 마지막 편지네요. 이렇게 급작스럽게 이사 가게 될 줄 몰랐는데…. 죄송하고 감사합니다. 보리 천사 놀아 주시고 돌봐 주시느라 많이 힘드셨죠?

보리가 태어날 때 보리랑 엄마랑, 저 셋만 있었기 때문에 보리가 더 특별한지 모르겠습니다. 작년에 홍 선생님, 올해 선생님, 그리고 오렌지 원장님과 좋은 분들, 보리한테 중요한 시기에 만나 즐겁게 보낼 수 있도록 잘 돌봐주셔서 정말 감사드려요. 저희가 정말 많이 부족한데 보리가 밝은 것은 다 선생님들 덕분이에요. 감사합니다. 잊지 못할 거예요.

    사실 저도 이사 소식이 너무 갑작스러워 조금 당황을 했어요. 아직 석 달이란 시간도 남아있고 사실 저에게도 보리뿐만 아니라 분홍반 친구들이 특별하거든요. 보리가 작년엔 능숙한 선생님과 함께 보내 덜 힘들었을 텐데 올해엔 초보 선생님 때문에 고생을 많이 한 것 같아요.

    아직 보리도 저도 갈 길이 멀지만 앞으로의 보리도 잘 지내고 잘 자랄 거라 믿어요. 그간 잘 지내준 보리에게 너무 고맙고 또 힘든 등하원길 고생하신 부모님 감사드려요.

문경에서

아내와 보리가 집에 늦게 들어왔다. 오다가 보리는 잠이 들었고 아내와 단둘이 얘기하다가 스마트폰으로 SNS을 본 게 걸려서 또 잠시 지옥에 다녀왔다. 이번에는 내 심정과 상황을 설명했다. 책을 보다 새벽에 침실로 들어가니 뜻밖에도 아내가 기다렸다는 듯이 반겨주었다.

얼마 전에 성욱이 엄마에게 탐스러운 알밤을 한 그릇 가득 받는 꿈을 꾸었다고 했다. 원래 18일이 생리 예정인데 아직까지 생리를 안 해 불안해 하고 있다. 아내가 토라지고 성질을 부릴 때는 '절대 임신하면 안 된다, 우리는 물론 아이도 불행해진다'고 생각했다. 절대 아니기를 신께 기도했다. 그런데 마음이 풀린 지금은 또 생기면 낳아 감사히 잘 돌봐야지 하고 있다.

새벽에 몰래 배에 손을 얹고 마음속으로 물으니 생명이 있다고 했다. 보리에게 물어보니 남동생이라고 한다.

보리,
보내다

남편을 잃은 아내를 과부라고 부른다.
아내를 잃은 남편을 홀아비라 부른다.
부모를 잃은 아이를 고아라고 부른다.
하지만 자식을 잃은 부모를 가리키는 단어는 없다.
자식을 잃은 사람에게는… 아무것도 없기 때문이다.

– 테네시 윌리엄스

그렇구나

누군가 '보리 아버님'을 다급하게 부르는구나

달려가는구나

아이가 쓰러져 시멘트 바닥에 엎드려 있구나

이미 바닥에 붉은 게 고였구나

아침에 내가 입혀준 옷이구나

형들도 보고 있겠구나

119를 불러달라고 소리를 지르는구나

얼굴을 알아보기 어렵게 되었구나

다르게 되었지만 맞구나

차돌같이 단단하던 아이가 이젠 힘이 하나도 없구나

붉은 눈물이 눈가에 배어 나오는구나

귀로도 흘러나오는구나

속으로 '몰라, 괜찮아' 하는구나

숨이라 부르는 그 여린 바람 나오지를 않는구나

심폐소생술 해야겠구나, 기도를 열어야겠구나

목을 뒤로 젖히고 입을 열었더니 앞니가 없구나

입속에 손을 넣으니 막고 있던 붉은 덩어리 몇이 나오는구나

이제 입으로 쉴 사이 없이 흘러나오는구나

어느 교회 목사가 가슴에 귀를 대보더니

아직 살아있다고 고함을 지르는구나

'살아있을 때는 심폐소생술을 하는 게 아닌데….'

아빠가 심장 언저리를 누르고 있구나

그러다가 심장소리를 들어보는구나

갓 태어났을 때보다도 터무니없이 작구나

이윽고 가슴이 두 번 연달아 솟구치더니 내려앉는구나, 나만 볼 수 있게

119 구급차 도착해 심장 제세동기를 대도 반응이 없구나

구급차가 응급실로 요란하게 달려가는구나

요철도 많고 너무 멀구나, 너무나 멀구나

구급대원이 제발 살아 있어 달라 애원하는 목소리구나

다리가 점점 파래지고 차가워지는구나

내가 안 된다고 울부짖는구나

태어날 때 처음 만져주었던 그 발 붙잡고 기도하고 있구나

"우주에 해가 되지 않는다면 우리 보리 돌려보내 주세요, 제발"

아무 대답이 없구나, 떠나가는구나

처음 맞이한 그 손이 보내는구나

사람들은 분주하지만 시간은 멈추었구나

보리 보낼 때… 2015. 7

부고

어떤 목소리로 뭐라고 말해야 할지 몰랐다

망설임마저 죄

아내에게 전화했다

제일병원이야, 와 봐야겠어, 내 잘못이야,

미안해, 사고가 났어, 내가 돌보지 못했어

그게 무슨 소리야, 제대로 좀 말해봐!

미안해 여보

학교에서 병원까지 먼 우주를 구급차보다 빠르게 왔다

출산 한 달 앞 둔 아내

먼발치서 움직이지 않는 보리 옷 보고 그 자리에 누웠다

그래도 뱃속에 있는 동생은 모르기를 바랐지만

하혈이 시작되었다

형, 사고가 났어

학교 캠프에서 보리가 큰 사고를 당했어

뭐? 자세히 좀 말해봐

문경 제일병원 응급실이야

멀리 떠난 거 같아, 내가 그 자리에 있었는데 지키지를 못했어

그게 뭔 소리야!

부모님과 형제들에게 좀 부탁해

그래….

이미 눈물을 막아내지 못하고 있었다

꿈이기를

꿈이어야 한다

지금

그 어떤 것도 진짜가 아니어야 한다

아무것도 보이지 않고

들리지 않고 떠오르지 않기를

안았던 두 팔과 가슴, 작은 어깨

그리고 그 기억들도 사라지기를

목소리 기억하는 두 귀도 내 것이 아니기를

고통과 슬픔도 느낄 수 없는 백지가 되기를

죽어서 정말로 죽을 수만 있다면….

죽지도 못하면서

죽는 시늉밖에 못하게 해놓고

아, 신은 나에게

왜 이럴까

침묵 속으로

몸을 두고 떠났다
안아주고 볼을 부비던 보리
깨어진 채 있다
아무리 안아도 "아빠"하며 안아주지 않는다
멈추었다
이 안에 없다

어디로 가야 되지?
침묵 속으로 가 있다면
찾아가겠다고 아우성칠수록
멀어질 텐데….

진인사, 대천명

첫째 4학년, 둘째는 3학년. 회관 앞마당에 쓰러져있던 아이, 붉게 물든 시멘트 바닥, 동생이었다. 구급차에 실려 가고 아무도 말해주지 못하는 낯선 집 하룻밤. 그리고 햇빛 찬란한 7월 24일, 정오.

선생님이 사준 자장면을 먹다가 입가에, 앞섶에 묻히고 자장색 얼굴로 저 만치서 걸어온다. 영락없는 시골 초딩 두 아들.

도대체 어떻게 말해야 하나, 날 보고 어쩌란 말인가?

"잠 좀 잤니?"

"나는 좀 잤어"

둘째만 대답한다. 엉거주춤 두 아들과 어깨동무를 한다.

"진인사, 대천명. 지금부터 아빠 하는 얘기 잘 들어. 진짜 중요한 건 눈에 보이지 않아. 저 벚나무잎 봐봐. 지금이 7월인데 벌써 떨어졌지? 바람에 그렇게 됐나 봐. 나뭇잎이 떨어져도 잎사귀가 죽었다고는 안 하잖아. 그냥 변해가는 것뿐이지. 내년 봄이 되면 그 자리에 또 새

잎이 돋아 나오겠지. 물이 얼어 얼음이 되기도 하고 그릇에 담아놓은 물이 날아가 눈에 보이지 않게 되기도 하지만 아주 없어진 건 아니잖아. 그냥 변해가는 것뿐이지. 얼음이 되고 수증기가 되어도 결국은 물인 것처럼 사람도 겉모습이 변해도 변하지 않는 게 있어. 영혼 말이야. 어떤 나뭇잎은 너무 일찍 떨어지기도 해, 사람도 그렇기도 하겠지.

너희들도 기억하지? 몇 년 전에 아빠가 외할아버지도 영혼이 자유로워진 거라고 했었잖아. 사람이 몸을 떠나면 우리는 볼 수 없지만 영혼이 자유로워지는 거야. 이유는 알 수 없지만…."

장례식장 문 앞에 섰다. 얼굴이 붉어진 진인사는 말없이 내 눈만 보고 있다.

"아빠, 우리를 왜 여기로 데리고 와?"

대천명이 묻는다.

"보리가 우리보다 먼저 영혼이 자유로워졌단다. 이유는 알 수 없지만 갑자기 몸이 필요 없어졌나 봐. 보리 영혼은 우리 곁에 있을 거야. 아빠 말 믿지? 영혼이 자유로워진 거야."

어떻게든 눈물을 막아보려고 했는데…. 미안하다. 진인사, 대천명. 미안하다.

동생 죽음 앞에 형제가 서 있다. 큰 형은 엉엉 울고, 작은 형은 말없이 서서 눈물만 훔친다.

얘들아, 미안하다. 아빠가 어제까지 같이 놀던 동생을 지켜주지 못해 미안하다. 살리지 못해 미안하다. 작별 인사도 못하고 그 자리에 서서 구급차에 실려 가는 마지막 모습 보게 해서 미안하다.

시멘트 바닥 적신 붉은 빛이 동생 것이어서 미안하고, 낯선 집에서 살아있기만을 기도하며 긴긴밤 뜬눈으로 지새우게 해서 미안하고, 우리보다 일찍 영혼이 자유로워졌다느니 이 따위 소리 듣게 해서 정말 미안하다.

나는 어른이라 너희보다 3일이나 더 보고 만질 수 있었어. 조각같이 어여쁘던 얼굴 넓적해지고, 오뚝했던 코 푹 꺼지고, 빛나던 눈은 빛을 잃고, 동그랗던 머리도 울퉁불퉁해져서 그래도 보고 싶은지 차마 물어볼 수가 없었어. 아빠가 먼저 신을 만나러 가면 꼭 따져 물을 거야. 왜 우리에게 그래야만 했는지….

보리와 나눌 그 많은 정다운 시간 모조리 빼앗고 슬픔만, 그리움만 한없이 지웠구나.

미안하다는 말로 용서를 구하는 건 아니야. 어떻게 용서가 될 수 있을까?

그렇지만 미안하다.

산소 앞에서

사람으로 태어나서 나눠 줄 사랑 다 주고

받을 사랑 다 받으면 돌아가는 게 인생이라면

보리는 우리에게 4년 100일 동안

평생 받을 사랑, 평생 줄 사랑

모두 나눈 게 아닐까

그렇기를 바라봅니다

우리 모두 그렇게 보리를 사랑했고

보리에게 사랑 받았습니다

그러니 부디 보리가 생각나면

안타깝다, 안됐다, 슬프다 하지 마시고

우리에게 와 줘서, 우리와 함께 해줘서

고맙고 사랑한다고 말해주세요

이 못난 아빠가 드리는 부탁입니다

그곳에도 비가 내렸다

산소 앞에서 2015. 7

어디로 가지

마취도 않고

가슴 생살 헤치고 살과 뼈를 파내

거기다 묻고

자그마한 봉분 하나 만들어 잔디로 수천 바늘 줄지어 꿰맸다

꼴에 밥이라 부르는 하얀 파편들 국에 부숴

안쪽에다 밀어 넣는다

벽을 긁고 넘어간다

넘어가며 갈려 날이 선다

긁힌 자욱 위로 한마디씩 덧붙인다

그래도 네가 중심을 잘 잡아야돼, 너만 믿는다, 힘내라, 잘 이겨낼 거야

삼킬수록 심장까지 들어온다

비 그치고

사람들 떠나고

두 아들은 큰 아빠가 데리고 갔다

나와 아내, 곧 나올 아기는

어디로 가지

어디로 가야 되지

밤바다

긴 이화령 터널

여기만 통과하면

경사(慶事)만 난무했던 문경(聞慶)

차 숨소리도 파묻히는

자식 묻은 부모 숨소리

터널, 지겹다

아니, 차라리 터널이 낫다

눈 감은 아내

보리 없는 집에는 들어갈 수 없어

이제 거긴 집이 아니었다

길 따라 그저 간다

시퍼런 파도 소리 삼켜버린 검은 바다

누가 먼저도 없이 목을 놓는다

보리야, 사랑해!

보리야, 사랑해!

보리야, 사! 랑! 해! 언제까지나, 영원히-!

눈에 몰아치는 파도가 높다

보리는 지금 천국 가느라 바쁠까

눈물,

가다 힘들 때 앉아 쉴 별이라도

쉬면서 마실 한 모금 물이라도 되면

사망신고

가방에 사망조서 집어넣고

면사무소 간다

숨, 크게 한번 쉰다

눈물이야 나오든 말든

개울을 가득 채운 푸른 갈대 바람에 눕고, 잠자리 떼 바람을 따른다

저들 중에도 자식 보낸 아비….

그만 두자

문 앞에서 차로 다시 돌아오길 서너 번

사망 신고 하러 왔는데요

거기 견본보고 서류 작성해서 주셔봐요, 관록 있는 목소리

사망자 성명, 사망 일시, 사망 장소, 사망 원인….

내가 지금 신고하는 사망자는 누구인가

내 이름이 묻힐 자리에

2011년생 4년 된 아들 이름을 묻는

이런 법이 어디 있나

이런 개 같은

이런 천치 같은

등본에서 사라졌다

내가 지웠다 내 아들 이름

간단한 일이었다, 출생신고보다도

거기 줄 테면 줘보라던 공무원

힘내세요

증명서 이름 앞에 관이 놓였다

그 안에 사망이라는 두 글자, 별 것도 없었다

면사무소 나서니 붙잡아 두었던 눈물도 따라 나선다

돌아가는 길 동행이 있다

울부짖어 울대 터지는 사람, 그냥 보는 사람

누가 난지

가는 사람 잡지 말고 오는 사람 막지 말라 했지

다음날 아침, 찾아온 진통

차를 몰아 e편한세상 소재 조산원 간다

이험한세월에 e편한세상으로 간다

보리 받았던 조산사 선생님

마루 받아 안고 미역국 한 그릇 얻어먹고

조의금인지 축하금인지 사양하다 받아 넣고

집으로 돌아와 이름 짓고 출생신고 하니

등본에 다시 다섯 식구

숨이 가쁘다

내가 이럴 줄 알고도 이 세상 온다 했겠지

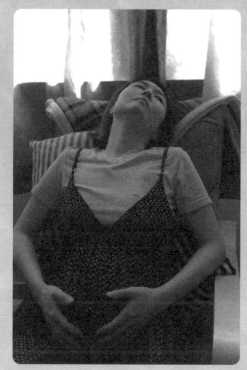

마루 낳기 직전 진통 2015. 8

간다 온다 하지만

나고 죽는 것 아니고
가고 오는 것도 아니라 하였는데

갓난아기 진통 선물
엄마 슬픔 잊게 하고
배 위에 곤히 든 잠
아빠 눈물 잠재웠다

아기 안고 누운
아내 보며
아침 내내
어디로 가고 어디서 오나
오고 가지 않는 게 무엇인가

장님술래

일터를 바꾸었다

기름 값이 한 달 수입 5분의 1

가까운 문경 읍내로 둥지를 옮겼다

읍내 학교 두고 이웃 동네 당포초등학교로 세 아이 보냈다

솔밭 숲 속에서 맘껏 뛰어놀라고

여름방학 날, 자식을 앞세웠다

아내는 주워온 책상, 의자, 수납장

재수 없는 것들 싹 다 내다 버리라 했다

이사 날짜가 안 좋았다, 북쪽으로 간 게 잘못이다

이사 간 집이 음침한 게 느낌이 안 좋았다

이름이 잘못됐다

귀신은 더 예쁘고 끔찍이 사랑받는 아이를 데려간다더라

전생 과보를 이생에 풀고 가는 거다

조용히 다가와 한마디씩 박아주고 갔다
어찌 됐든 나도 모르게 한 걸음 한 걸음
보리 손을 잡고 거기로 향해 걸어갔다
아직 나는 못 가는
들여보냈다
내가

바꾸지 않고 이사 하지 않고 그 학교 보내지 않았으면
휴가 내지 않고 캠프 참가하지 않고 내가 태우고 갔으면
두 눈 가리고
희미한 목소리나 듣고
나는 듯 마는 듯 냄새 맡으며
갈 곳 찾아 더듬거리는
장님술래

당연하지 않다

학교 일 돕지 않고
딴 생각 하지 않고, 딴 데 보지 않고
보리와 함께 있었다면
보리 영혼이 그 날 떠나기로 정해져
어쩔 수 없었더라도
이렇지는 않을 텐데

다른 아빠였다면
아내가 있었다면
할머니였다면

숨 쉬는 게 당연하지 않다

언제까지나 영원히

말하지 않았으면
오래 함께 할 수 있었을까
입이 앞서던 말
사랑해, 언제까지나 영원히!

엄마가 아빠가 '보리야 사랑해' 하면
형들이 합창했지
언제까지나 영원히!
이 말에 안심하고 떠났을까

그때는 웃으며 했던 말
이제는 가슴속 깊은 데서
두레박 길어 올리는 말
하늘로 훨훨 날아가는 말
사랑해, 언제까지나 영원히

착한 토마토

장 구경 갔다 집어든

아기 호미 꼬옥 쥐고

작은 손으로 파고 심어

손수 지은 이름

착한 토마토

보리 보내고 돌아와 보니

창문 밖 베란다에

추욱 쳐져 있었지

매일 아침 눈을 뜨면

창문 열고 노래 불러주었지

착한 토마토야 사랑해! 무럭무럭 자라라!

매일매일 형들보다 열심이었지

착한 토마토도 대답했지

착한 보리야 사랑해! 너도 무럭무럭 자라렴!

제일 먼저 꽃을 피웠지

주인은 떠났어도
물 흠뻑 마시고는
다시 웃는
착한 토마토

보리가 떠난 집
또다시 이삿짐 꾸리며
토마토는 열었지만
보리 곁으로 보내 줘야지
거기서 마저 익거라
보리야! 거기서…

그런데 아내는

관에 못이 박히던 그 아침
망설이고 망설이다가 부서진 고운 얼굴 보았다
여보, 보리가 아닌 것 같아
그렇지, 보리일 리 없지
태워도 묻어도 어차피 가슴에 묻혔다
엄마 배 속이 좁다며
아기는 나가겠다고 아우성이었다

젖 길이 눈물 길
눈물 먹고 크는 막내는 밤새 빨아도 허기졌다
버티던 젖도 지치다 못해
돌덩이가 되었다
그 위로 패인 골 따라
흐르는 눈물, 부옇게 붉다

그런데 오늘 아침에는

머리 예쁘게 깎고 보내 줘서 고마워, 여보

눈물조차 체념한다

옥상 구석에서

흙 묻은 까만 머리카락 몇 올

후후 불어 봉투에 담았다

알았겠지만

하느님한테 4년하고 100일만 살고 오겠다고 했을 거다

그리고 엄마 아빠 찾다가

우리를 보았겠지

그래서

그래서 엄마 배 속으로 온 거고

내 손에 첫 숨도 마지막 숨도 놓고 간 거다

괜찮다

고맙다

그게 나여서

그런데 잘못 본 것 같기도 하다

좋은 아빠 못 되었고

너무나 버겁다

이럴 줄도 알았겠지만

다시 올 거라 그랬지

커지는 엄마 배를 보고 물었지

아기 언제 나와?

으응, 열 달 지나면

그때부터 밤마다 공룡 태어나는 놀이를 했어

아기 티라노라고, 어느 날은 보리라고도 했지

처음에는 한 달, 두 달, 세 달… 열 달이 되면

주먹이 몸통, 손가락이 다리인 아기가 엄마 배에서,

어떤 날은 베개 밑에서 아장아장 걸어 나왔지

그러고는 엄마 볼 부벼댔어

눈도 못 뜬 강아지가 엄마 젖 찾을 때처럼 잉잉 대면서

엄마 배가 산만큼 커진 때부터

열 달이 아니라 한 달 만에

아기 티라노가 뿅하고 태어난대

그때는 몰랐어

잠이 쏟아지는 엄마 깨워가며
왜 자꾸만 그걸 하자 했는지
한 달 앞두고 떠났지
베개 밑이 아니라 어둠 속으로 숨었지
스무 날 지나 면사무소 다녀온 다음 날 돌아왔지
마루 아기 티라노
보리마루 아기 티라노

작별인사

보리가

피아노 앞에서 놀다가 느닷없이

엄마, 내가 차에 쾅하고 부딪히면 어떡할 거야

그런 말이 어딨어? 그럴 일 없어

엄마가 지켜줄 거니까

왜 그런 말을 해

그리고 다음 날,

정말로

엄마는

뱃속 아기 생각에

울지도 못했다

작별 인사를 한 거였다

차에 부딪힐 때는 못하니까
지켜줄 거란 말 믿었던 거다
엄마는 신이었으니까, 아기가 임한

우리
부족했지만 보리는 충분했나보다
아내가 고맙다
이제는 보리가 지켜준다

나는 보리 아빠다

보리 사고로 오랫동안 '아빠 자격 없음'에서 헤어 나오지 못했다. 보리와 함께했던 시간, 보리를 향한 모든 행위와 마음이 전부 무효가 된 것이다. 비록 돈벌이나 처세에는 재주가 없을지언정 자식을 잘 기르고자 하는 마음은 어느 누구에게도 지고 싶지 않았다. 틀림없이 그게 나를 지켜준 힘 중 하나였다. TV 휴먼 다큐 프로그램에서 엄마가 없거나 찢어지게 어려운 환경에서도 최선을 다해 아이를 돌보는 아빠는 부러움을 넘어 질투의 대상이었다. 하여 스스로를 부정한 꼴이었고 버틸 힘을 잃은 것이었다.

보리가 떠날 때 다섯 살이었다. 나에게 남은 건 아무것도 없었다. 보리가 태어날 때 받아 안던 기억과 떠날 무렵 보리의 일상 이외에는. 보리는 느닷없이 태어나 갑자기 사라진 것만 같았다. 보리와 보낸 시간이 보리의 부재로 무의미해졌다. 내가 가장 수치스럽게 여겼던 '무의미'. 받아들일 수 없었다. 나를 용서할 수 없는 이유가 내 안과 밖에 빈틈없이 들어차 있었다.

일기를 써서 모아두기 시작한 건 경운기 사고로 죽을 고비를 넘긴 후 보리가 엄마 뱃속에 오기 전부터다. 모든 일기와 보리의 흔적을 찾아 내야했다. 일기를 한 자 한 자 읽었다. 의미 있는 시간으로 만들어보려는 몸부림이었으나 이제는 아무 의미도 아니게 되었다.

보리에 관한 기록을 보기 시작했다. 꿈나무 어린이집과 선생님 댁에서 보살핌을 받을 때 주고받은 대화. 그리고 오렌지 어린이집의 홍 선생님, 현 선생님과의 대화를 보면서 그 때로 다시 돌아가 내가 보리의 아빠였다는 걸, 최선을 다해 아빠 노릇을 하려고 애썼다는 걸 기억해 냈다. 그리고 얼마나 행복했는지도.

내가 가진 상처와 고통, 가난과 끊임없이 나를 괴롭혔던 자기혐오에도 불구하고 최선을 다해 내 가족을, 보리를 사랑했던 것이다. 단지 그때는 내 안에도 아이가 있으며 그 아이도 사랑받기를 바란다는 걸 몰랐던 것이다. 그게 얼마나 중요한지. '그 때도 알았다면 보리는?'하는 생각이 나도 모르게 들지만 이내 지운다.

나는 아들이었고 동생이었으며 남편이었다.

진인사, 대천명, 보리의 아빠였다.

지금도 그렇다.

보리와 함께한 때,

사과라는 말을 처음 할 때,

맑고 큰 눈으로 나를 물끄러미 바라볼 때,

내가 아니면 안 되었던 그 때,

나는 보리 아빠였다.

그것은 진실이다. 영원히.

그립고 그립고 그립다

149일, 무얼 하고 있나?

어젯밤 보리천사에게 무엇이 그리 급했는지, 무엇 때문에 가야만 했는지 물어보았지만 자면서 아무런 대답도 듣지 못했다. 그게 분해서 약간 어두운 마음으로 깼다. 그리고 보리가 떠난 뒤에 무엇이 바뀌었는지 생각해 보다가 화가 났다. 내 삶, 우리 가족, 형제들의 불화, 내 운전 습관, 안전에 대한 의식, 가족을 대하는 태도, 삶을 대하는 태도, 이웃을 보는 시선, 그리고 보리가 떠나게 된 직접적인 원인은…. 조금이라도 해결되고 바뀌었나.

사고를 생각할 때마다 나의 무지와 어설픔에 치가 떨린다. 왜 마을회관에 도착했을 때 아이들이 잘 도착했고 잘 노는지 조차 확인하지 않았나. 왜 그리도 사랑스런 보리의 모습을 한 번 더 봐두지 않았나. 왜 찻길로 뛰어들게(주차장이었지만) 놔두었나. 그 뒤에 다시는 그런 일이 없도록 삶 속에서 조심하고 마땅히 해야 할 일을 하고 있나.

이것과 별개로, 그 학교의 유치원생이었고 학교행사에 참석한 거고 사고 장소까지 학교 교사가 태우고 갔는데 왜 막지 못했을까. 교사들, 교장선생님은 어떤 생각을 하고 있는지, 학교행사 안전에 관한 뭔가가 달라졌는지….

잠을 깨면서 그걸 좀 알아봐야겠다는 생각이 들었다. 그리고 교육청 담당 장학관을 만나보고 정확히 사태와 원인 파악, 조치가 어떻게 되었는지 확인해야겠다는 생각도 들었다. 이 해가 저물어 가니 더 늦기 전에….

전국의 모든 학교에서 이 사실을 알고 같은 사고가 나지 않도록 예방책을 세우도록 해야겠다. 그리고 더 많은 부모와 교사들이 알 수 있도록 해야겠다는 생각을 했다. 침대에 누웠을 때 들었던 가장 또렷한 생각이 이거였다. 더 이상 가만히 있으면 보리에게 너무나 미안하고 더 죄짓는 것이다. 보리가 도와주겠지.

195일, 시골에 계신 할아버지

보리가 떠나고 일에 대한 의미가 조금 달라졌어. 매 순간이 소중하니까. 매 순간이 내가 뭐하다 떠날 건지, 내가 무엇을 꿈꾸다 떠날 것인지에 대한 표현이니까.

시골에 계신 할아버지가 갑자기 어지럽고 머리 아프고 배도 아프셔서 구급차를 타고 병원에 다녀오셨단다. 저녁에 통화했을 때도 어지럽다고 하시고 목소리가 좋지 않았는데, 혹시 갑자기 돌아가시면 어쩌나 걱정이 돼서 사랑한다고 말씀 드렸어.

보리야 사랑해. 보리가 많이 보고 싶어. 보리 없이도 살아갈 수가 있네. 그 어떤 것, 그 누구 없이도 살아질 수는 있겠지. 그래도 이해가 안 되는 건 안 되는 거잖아.

200일, 화해

고향집에 다녀왔어. 할아버지가 전에 없이 많이 아프셔. 그렇지만 아빠 형제들은 드디어 화해를 했어. 그리고 앞으로 부정적인 모습보다는 긍정적인 모습을 보기로 함께 결심했어. 폭죽이 터지는 것 같았어. 이제 시작에 불과해. 그러나 엄청난 시작이지. 보리야, 고마워. 보리 덕분이야. 네가 아니었다면 나는 편지도 쓰지 않고 하고 싶은 말도 하지 않았을 거야. 그렇게 적극적으로 말이야. 집으로 돌아와서 아빠는 진인사, 대천명 형아한테 너희도 아빠형제들처럼만 지내라고 했어. 그 말이 하고 싶었어. 그게 아빠 꿈이었지. 꿈을 이뤘어. 보리가 빛을 남겨 주었어.

210일, 꼭 다시 만나자

문경초등학교에 다녔어도 그런 일이 생겼을까. 도대체 무엇일까. 내가 과거로 돌아갈 수만 있다면, 내가 영화 〈어바웃 타임〉의 주인공이라면 얼마나 좋을까.

아빠가 보리를 만나서 속 시원히 대답을 듣기 전까지 언제까지나 보리에게 미안함을 가지고 살게 될 거야. 아빠가 열심히 열심히 노력해서 보리의 영혼을 만나 대화할거야. 보리야, 많이 많이 사랑한다. 내 얘기 듣고 있지? 사랑한다고… 보고 싶다고…. 그래도 이번 생으로 나를 선택해줘서 정말 정말 고맙다. 정말 고마워.

아빠 네가 떠난 이후의 삶은 덤이라는 생각이 들기도 해. 아니 그때 이후의 내 삶의 반은 보리가 사는 거라고 생각해. 보리의 삶을 내가 사는 건지 보리가 나의 삶을 사는 건지는 몰라도.

보리야, 꼭 다시 만나자.

211일, 상실 수업

『상실 수업』이란 책을 읽고 있다. 궁금해 하는 부분이 많이 나와 있는데, 우선 먼저 떠난 이에게 편지를 쓰라는 것이다. 오른손잡이라면 오른손으로 쓰고 왼손으로는 떠난 이의 답장을 받는데, 그때 받는 답장이 사실이든 아니든 도움이 된다고 한다.

두 번째는 재정적인 부분에 대한 것이다. 돈을 쓸 때마다 죄책감이 든다든가 어떻게 해야 할지 모르겠다든가, 돈과 관련된 여러 상황들이 생길 수 있다고 한다. 그리고 기념일에 관한 것이다. 내가 힘들어하고 궁금해 하는 걸 한꺼번에 다 대답해 준 것 같은 느낌이 든다. 그래서 다시 한 번 보리를 느낀다. 난 〈세계일주〉라는 아이들 나오는 영화를 보면서 보리생각이 나서 많이 울었는데, 아내는 드라마 〈내 딸 금사월〉을 보고 많이 울었다. 죽은 줄만 알았던 딸이 살아있어 가족이 재회하는데 우리는 그러면 안 되나 하는 생각을 했단다.

어쨌든 슬픔과 그리움이 몇 년 안에 끝나지 않고 나나 아내가 보리의 영혼을 만나러 갈 때까지 계속 되겠구나 그런 생각이 들었다. 그게 자연스러운 것일 수 있겠다.

오른손 쓰기

보라에게

이렇게 너를 만날 수 있다고 하니 간절한 마음으로 편지를 써. 어젯밤에 쓰려고 했지만 드라마 때문에 마음이 심란해 쓰지 못했어. 엄마가 많이 우셨고 나는 밤새 잠을 잔 건지 모르겠어.

보라야! 내 얘기 듣고 있지?

보라를 만나고 싶어. 직접 내 영혼으로 만나고 싶어. 내가 몸을 가지고 생생하게 너를 만날 수는 없을까? 너를 만지고 안고 뽀뽀하고 눈을 맞추고 깔깔거리는 웃음소리를 듣고 싶지만 그렇게 할 수 없다면 나 여기 있다고 내가 보라라고 말해주면 알아볼 수 있을 만큼이라도 만나고 싶어. 그렇게 되면 실제 살아있는 것처럼 만나고 싶다고 조르려나. 왜 그렇게 서둘러 갔는지 묻고 싶어. 지금 듣고 있을 테니까 대답해 줘. 왜 그 시간에 꼭 가야만 했니? 우리 모두를 두고. 보라는 꿈도 있고 러시아에 가보고 싶다고 했고 항상 즐거움이 넘쳤는데… 가 볼 산도 많고 여행 가고 싶은 곳도 많고 할 게 정말 많았는데 왜 그렇게 서둘러 갔니?

이제 보라의 답장을 받고 싶어.

아빠, 나 보리야

사랑해. 때가 되어서 갈 수 밖에 없었어.

미안해. 나중에 알게 될 거야. 잘 이겨내고 있어서 자랑스러워.

우리의 운명은 우리가 짐작하는 것 보다 훨씬 더 복잡하게 얽히고

설켜 이루어져. 아빠의 바람대로 우리는 다시 만나게 될 거야. 머

지않아. 마루를 잘 대해줘. 사랑해.

218일, 방생을 하다

방생을 했다. 오늘이 마침 점촌 장날이다. 보리와 진인사, 대천명과 같이 샀던 그분한테 가서 붕어를 여덟 마리쯤 사고 남은 돈으로 미꾸라지를 샀다.

죽음에 처한 생명을 살려주는 것이 방생인데, 물고기는 방생하면서 왜 보리는 방생하지 못했을까.

보리와 함께 방생하던 그 잔디밭 옆 영강변에다 놓아 주었는데 붕어가 아주 건강해 보였다. 안동댐에서 잡는다는데, 누구는 잡고 누구는 놓아주고…. 삶과 죽음이 둘이 아니라면 무엇을 위해 방생을 하는 걸까? 방생이 무엇일까? 돈 벌려고 잡아들이는 붕어와 미꾸라지는 살려주고 정말 지켜야했던 보리는 지키지 못했고…. 혹 문경에 가서 한 번이라도 방생을 했다면 보리가 더 오랫동안 우리와 함께 할 수 있지 않았을까하는 생각도 떨쳐버릴 수 없다.

나는 이제 삶과 죽음이 무엇인지, 방생이 무엇인지 알기 전에는 다시 방생은 못할 것 같다. 어제 오늘은 보리가 뛰어다니던 모습이 자꾸만 자꾸만 떠오른다. 누가 말한 것처럼 도움이 안 되니 얼른 다른 생각으로 바꿔야 하는 걸까. 슬픔에 나를 빠트리지 말아야 하는 걸까.

219일, 진정한 방생

방생에 대해서 생각해 본다. 내 아들은 지키지 못하고 물고기는 살려주는 내가 만들어낸 모순의 상황에 대해서. 삶과 죽음이 그리 심각한 일도 아니고 심지어 둘도 아니라면 왜 이렇게 죽는 일에 호들갑인가? 죽음이 매미가 허물을 벗고 날아가는 것과 같다면 오히려 잘 된 일 아닌가? 방생이라는 행위는 오히려 그걸 방해하는 것 아닌가? 누구든 잘 죽을 수 있도록 도와줘야 하나? 아직 허물을 벗을 때가 안 되었는데 갑자기 떠나는 상황은…. 때는 누가 아는가? 누가 결정 하는가? 방생이라는 행위가 그 물고기의 명을 늘려준 것이므로 단명할 명을 늘려주는 과보를 받게 된다는 말은 그저 속설에 불과한가? 일단 애써 태어난 이상 서둘러 죽고자 하는 생명은 생명의 목적 자체에 맞지 않겠지. 생명의 목적은 무엇인가? 풍부해지는 것, 성장하는 것, 번성하는 것, 다양해지는 것, 태어날 때의 꿈을 이루는 것.

서둘러 죽는 것은 무엇 때문인가? 애써 목숨 받고 태어나서 서둘러 가는 것은 태어날 때의 꿈을 금세 이뤘기 때문인가 아니면 아예 이룰 수 없다고 판단하고 서둘러 가는 것인가, 아니면 뭔가 불상사(태어날 때 예상치 못한 그리고 돌이킬 수 없는)가 생겼기 때문인가?

먼저 떠남으로써 얻게 되는 실익보다 상실의 고통이 클 수밖에 없는 것은 너무나 자명할 텐데…. 목숨을 던져서 목숨을 구하는 것이 아니라면…. 그건가? 보리가 목숨을 던져서 누군가를 구한 것인가. 가고 오는 것이 없다는 건 도무지 무슨 말인가.

진정한 방생은 물고기를 놓아주는 것보다 내가 지켜야할 것을 지키는 것, 살면서 닥치는 위험으로부터 보호하는 것이고 위험에 빠트리지 않는 것, 그러나 삶은 본래 안전하거나 전혀 안전하지가 않다. 죽고 사는 게 하나인 차원에서는 안전하지 않을래야 않을 수가 없고 죽고 사는 게 있는 차원에서는 어느 것 하나 안전이 보장된 것이 없다. 삶은 한 걸음 한 걸음이 위험의 연속이다. 위험한 세상에서 안전만을 원한다면 아무런 도전도 모험도 없을 것이다. 그 어떤 것도 믿을 수 없고 아이를 키울 때도 늘 옆에 붙어만 있어야하며 아이는 그 어떤 곳에서도 뛸 수 없게 될 것이다.

진정한 안전이란 무엇일까? 나는 진정한 방생이란 매순간 양심적으로 정성을 다하는 것이라고 정하고 싶다. 그게 나와 가족과 상대를 지키는 일일테니 말이다. 방생은 결코 알 수 없는 천수를 다 하는 것, 다하게 돕는 것이 아닐까? 그러나 진정한 안전이 무엇인지 모르고 생명의 진정한 목적이 무엇인지 모르고 매순간 정성을 다하는 것, 그리고 양심에 따르는 게 무엇인지도 모르겠다. 그저 매순간 거리낌 없이 정성과 최선과 양심을 다하는 것이 진정한 방생이라는 걸 잊지 않고 지키려고 노력할 뿐.

223일, 용서받을 수 있을까

오늘 아침 명상 중에 보리를 잠깐 느꼈어. 고마워.

보리도 알겠지만 요즘 너를 떠올리면 죄책감이 늘 앞선단다. 나는 그날 사고현장에 있었지만 보리가 사고를 당할 때 다른 곳을 보고 있었어. 진인사 담임선생님이 다급한 목소리로 '보리 아버님!'을 불러서 쓰러져 있는 아이에게 갔을 때 그때서야 보리가 사고를 당했다는 걸 알았지.

짐 나르는 걸 돕겠다고 나설 때도 보리를 보지 못했어. 그래서 지금 생각해보면 내가 아빠가 맞나, 부모 맞나 싶어. 만약 엄마가 그 자리에 있었다면, 외할머니가 그 자리에 계셨다면, 할아버지 할머니나 고모였다면 보리를 먼저 찾았겠지. 보리가 잘 놀고 있는 걸 한번만이라도 확인했더라면 이렇게까지 한심하게 느껴지지는 않을 거야. 보리는 왜 눈에 띄지 않았을까. 나는 그때 정신이 또렷하지 않았기 때문에, 어쩌면 어떤 귀신에 씌어 제정신을 차리지 못했기 때문에 보리가 잘 놀고 있는지 지켜봐야 한다는 생각을 못하지 않았을까 하는 생각이 들어. 그래서 내가 오전에 탐닉하고 보았던 야한 영화 때문에 정신이 나갔고 보리를 제대로 돌보지 않았다는 반성과 죄책감과 초라함과 그 어떤 부정적이고 극단적인 언어로도 표현할 수 없는 마음을 가지고 살아갈 수밖에 없게 되었어. 보리한테 미안하고 미안하고 미안하고 미안해. 엄마한테도 정말 미안하고 할 말 없고 미안해. 진인사, 대천명 형아한테도 마찬가지고. 보리를 사랑하는 모든 사람들에게도. 사고는 그 사람이 냈지만 내가 지킬 수 있는 기회가 있었어. 끝내 아빠 자신을 용서할 수 없을 것 같아.

226일, 경주여행

지난 주말에 온 가족이 경주여행을 다녀왔다. 동궁과 월지의 야경, 그리고 감포의 이름 모를 해변, 경주박물관….

처음에는 아내가 해운대 바다를 보고 싶다고 해서 대충 짐을 꾸려 출발했는데 가는 길에 말 그대로 비가 억수로 와서 목적지를 경주로 바꿨다. 혹 보리 뜻이었을까?

보리 두 살 때, 문무대왕릉 바닷가에 갔던 생각이 났다. 보리가 하늘로 새우과자를 던져주면 어느새 갈매기가 나타나 채 먹곤 했다. 보리가 바다와 모래와 해변을 좋아해서인지 바다에 가면 보리 생각이 더 많이 나고 보고 싶은 마음이 훨씬 커져 바닷바람에 눈물이 날렸다. 보리를 묻던 날 집에 들어가지 못하고 아내와 바다로 가서 더 그런지 모르겠다.

이 눈물, 결국은 끝이 날까.

감포의 이름 모를 해변을 걸으면서 아내에게 고백했다. 다 내 잘못인 것 같고 너무나 죄책감이 든다고. 어쩌면 난 아내에게 '당신 잘못이 아니야'라는 말을 듣고 싶었는지도 모르겠다. 듣지는 못했지만, 세 아이 아빠로서 힘을 잃지 말아달라는 진심어린 충고를 들었다. 〈천국보다 아름다운〉이라는 영화를 보면서 아내는 보리를 따라가고 싶지만 따라가면 더더욱 만날 수 없게 될 거라는 생각을 했다고 한다. 대신 남아있는 아이들에게 최선을 다하고 떳떳하게 만나야겠다는 생각을 가졌단다. 다 내 잘못인 것 같다고 했더니 자살시도라도 할까 봐 걱정이 되었던 건지, 아니면 나를 미워할 힘조차 남아있지 않았던 건지….

파도소리와 바닷바람, 내 품에 안겨있는 마루가, 그리고 아내의 웃음과 위로가 내 눈물을 닦아 주었다. 그 하나하나에 보리가 있었을 것이다. 동궁과 월지에서 아내에게 주려고 얼굴무늬 수막새 문양의 열쇠고리를 샀다. 마치 보리가 그걸 사라고 가르쳐 주는 것 같았다. 보리처럼 꾸밈없이 웃고 있는 것 같아서 그렇게 느꼈을지도 모르겠다. 깨진채로, 깨져나간 부분 만큼은 내가 채워야겠지.

진인사, 대천명에게는 화랑 낭도 느낌의 열쇠고리를 선물하고, 마루와 보리 것은 마땅한 게 보이지 않아서 다음으로 미뤘다. 경주박물관에서는 성덕대왕 신종의 비천상 주인공이 보리가 아닐까 하는 엉뚱한 생각이 들었다.

이번 여행으로 보리가 늘 우리와 함께 한다는 걸 더욱 분명하게 느끼게 되었다. '보리는 어땠니?' 물어보면 웃으며 '이번 여행 좋았어'라고 짧게 대답하는 보리의 얼굴이 그려진다.

아내는 보리와 여행을 많이 다니지 못한 게 후회가 된다며, 평소에 돈을 아껴서 아이들과 자주 여행을 다녀야겠다고 말했다. 마지막 여행 때 정선 리조트의 커다란 침대에서 쌔근쌔근 자던 보리 생각이 떠올랐다며, 아직도 거기에 가면 자고 있을 것 같다고 했다. 보리를 생각하며 아내는 속으로는 눈물을 흘리고 있었을 것이다.

오늘 반야심경 강의에서 들은 관세음보살에 얽힌 전설은 보리를 지키지 못한 나에 대한 이야기 같았다. 섬에 버리고 간 새엄마, 그리고 아빠, 먼저 떠나간 친엄마를 목 놓아 부르다가 자신이 보는 앞에서 먼저 숨을 거둔 동생을 보며 고통 속에서 살아가는 무수한 사람들의 말할 수 없는 고통을 이해하게 되었다는 이야기. 그 아이가 죽어가면서 누구라도 나를 한 번만이라도 부르면 달려가서 그 고통으로부터 건져주겠다는 서원을 아주아주 간절하게 세우고 다생겁래(多生劫來)로 닦은 후에 관세음보살이 되었다는 것이다. 관세음보살이 고통에서 건져내는 방법은 고통을 대신 짊어지는 것이다. 만약 보리를 먼저 보낸, 지키지 못한 것에 대한 죄책감의 고통을 관세음보살에게 호소하면 관세음보살이 고통 받는 자가 되어 대신 감내해 준다는 것이다. 그 이야기를 듣고 이 글을 쓰면서 나도 모든 사람의 고통까지 구제는 못하더라도 사랑하는 이를 먼저 떠나보낸 이들의 고통을 덜어주는 데 도움이 되면 좋겠다는 생각을 해본다. 보리가 남겨준 의미를 글로 써서 말이다. 오늘 교육부에 낸 민원에 대한 답변을 보고는 더욱 진심을 다해….

내가 했던 질문의 요지는 문경교육청, 경상북도 교육청이 사고를 실제와 다르게 파악하게 된 이유 그리고 학교 행사에 안전 매뉴얼이 있는지, 지켜졌는지, 사고에 대해 학교에서 할 수 있는 체계적이고 근본적인 안전대책을 수립해 줄 것을 요청했다. 무성의한 답변이 도착했고 답변 담당자는 본인에게는 한계가 있으니 더 근본적인 대책을 요구한다면 다른 창구를 알아보라는 것이다. 그냥 여기서 물러서진 않을 것이다.

231일, 다섯 번째 생일 전날

내일은 보리 태어난 지 5년째 되는 날이야. 5년 밖에 안 되었는데….

엄마와 아빠는 얼마나 슬퍼해야 지나갈까. 이것이 작년 7월 23일부터 1년 동안 계속되는 영화여도 좋으니 이 영화가 끝나고 다시 원래대로 돌아왔으면 하고 바랐어. 정말 꿈이었으면 좋겠어. 그냥 영화 한 편 끝나고 이제 그만 박수치면 좋겠어. 가겠다고 하면 보내줄 수 있어. 그런데 작별인사도 안 했잖아. 내일과 모레를 그리고 다음 주를 어찌 보내야 할지….

보리야 미안하다. 말로 할 수 없이 미안하다. 내 말 듣고 있니? 미안해.

다행인지 불행인지 잠이 오려나봐. 어쨌든 이렇게 나는 살아가고….

232일, 다섯 번째 생일

사랑하는 보리야,

5년 전 오늘 새벽에 너는 우리에게로 왔지. 그보다 열 달 전에 왔다고 해야 맞지만 우리는 오늘을 네 생일로 하기로 했어. 지금 우리는 너를 보지 못하지만 너는 우리를 보고 있지? 걱정을 많이 했겠지만 그래도 우리 모두 너를 그리워하면서도 하루하루 잘(이렇게 말해둘게) 지내고 있단다. 보리가 눈에 보이지 않아도 항상 우리 곁에 있다는 걸 알아. 아빠가 지키지 못해서 정말 미안해. 말로 할 수 없이…. 엄마와 형아들에게도 정말 미안하고…. 언젠가 아빠가 준비가 되면 모든 걸 알려주겠지.

아빠가 전생에서 부모가 보는 앞에서 어린아이와 생이별을 하게 만들어 그 과보를 받는 것이라면 이제 그 원한이 풀렸기를…. 아직도 내가 저지른 것이 많이 남았다면 어떤 것이라도 달게 받겠으며 진심으로 미안하다고 하고 싶어. 보리야! 너는 전부 알고 있지? 내 마음을 전해 다오. 그리고 네가 우리와 함께 있는 동안 우리에게나 네가 머무는 곳 어디나 빛이 된 것처럼 아빠가 머무는 곳 어디나 그리고 우리 가족 안에 빛이 될게. 그리고 매일매일 후회 없이 살게.

보리야! 사랑해, 언제까지나.

보리가 눈에 보이지 않아 뽀뽀할 수 없고 산에도 가지 못하고 뛰어노는 것도 볼 수 없어서 슬프고 아쉽지만 잠시라도 나의 아들로 와주고 함께 해줘서 영광이고 고마워. 오늘은 보리가 엄마 뱃속에서 태어난 날이야. 엄마도 우리 보리도 고생 많이 한 날이지. 그리고 축복의 날이고. 우리의 몸이 지금은 떨어져 있지만 우리의 영혼은 더욱 단단하게 연결되었지. 그래서 엄마에게 고맙고 보리에게 고맙고 소중한 인연인 진인사, 대천명 형아, 마루 동생에게 고마워.

삶은 오직 오늘 하루, 지금 이 순간 그뿐인 것 같아. 매순간 남김없이 살다간 존경하고 사랑하는 보리야. 고마워. 그리고 축하해. 엄마 김진희 여사에게 정말 고마워. 여보 고마워요. 사랑해요. 이 순간 말로다 할 수 없이…. 그리고 진인사, 대천명, 마루도….

슬프고 행복한 아빠가

233일, 생일을 보내고

어제 우리는 보리의 다섯 번째 생일을 감사히 마쳤다.

아내가 편지를 읽을 때(마지막 순서였다) 모두 참았던 눈물을 쏟아냈다. 장례식 이후 처음으로 대천명이 우는 걸 봤다. 진인사도 애써 참던 눈물을 쏟아내며 목 놓아 울었다. 아내도 나도….

보리의 영정사진을 태우고 난 뒤로 처음으로 큰 사진 두 장을 액자에 넣었다. 겪을 수 있는 모든 상실감과 슬픔과 죄책감과 분노를 느껴보아야만 우리는 그것들에 공감하면서도 흔들리지 않을 수 있게 되는 걸까.

앞으로 건방지고 무책임하게 '난 괜찮아. 몸은 어차피 썩어 없어지는 것이고 죽음이란 새로운 탄생일 뿐'이라고 함부로 말하지 않을 것이다. 집착하고 있다고 비난할 수도 없고 심지어 함부로 지적할 수도 없다. 모든 지적은 칼질이니까.

마루를 위해서 떠날 수밖에 없었니? 마루의 어둠을 가져가야만 했니? 보리가 같이 있었다면 얼마나 더 좋았을까 상상하곤 한다. 보리가 떠난 뒤에 아무리 많은 걸 알게 된다고 해도 아직 너에 대한 고마움과 그리움보다 더 한 것은 찾아낼 수 없으니, 마루를 위해서 자리를 내어준 건가 그 생각에 잠긴다.

235일, 수사기록 열람

수사기록 등사 신청을 했다. 가해자, 참고인 진술, 검시조사까지. 수사기록을 넘기다가 보지 못했던 보리 사진을 보았다. 그 때문인지 새벽 세 시에 깨서 잠을 자지 못하고 온갖 생각에 사로잡혔다. 가해자를 용서해 준 일은 잘 한 것일까. 그의 말은 정말 사실일까. 가해자가 사고를 내고 학교에 가서 급식실 조리사님하고 아무렇지도 않게 대화를 했다는데 그 조리사님을 만나보거나 통화할 수 있는 방법은 없을까. 수사관, 손해사정인에게 연락해서 의문 나는 점을 다시 확인해봐야 할까. 손해사정인과 마지막 통화할 때 "병준씨 뺑소니를 해도 뺑소니를 했다고 솔직하게 말하는 사람은 아무도 없어요."라고 했던 말이 자꾸 떠오른다. 진정한 용서란 무엇일까. 만약 가해자가 속인거라면…. 거짓말 탐지기의 신뢰도가 완전하지 않음을 알았으면서도 왜 추가조사를 요구하지 않았을까. 최소한 가해자가 뭐라고 하는지, 사고를 낸 뒤에 무엇을 했는지조차 확인해 보지 않았을까. 가해자가 믿을 만한 사람이 아니라는 걸 들었으면서도….

엊그제 법륜스님 반야심경 강의를 보고 죽음조차 우리 마음속에 있다는 걸 어렴풋하게나마 알게 됐다. 죽지 않았다고 생각하면 죽지 않은 거고 죽었지만 마음속에 그리고 영혼으로 살아있다고 생각하면 살아있는 것일테니…. 실제로 어떤 지보다 알고 믿는 것에 더 영향을 받는 게 아닐까.

237일, 보리 진열장

어제에 이어 오늘도 가해자 김씨랑 통화했다. 사실 호칭과 말꼬리를 어떻게 해야 할지 잘 모르겠다. 국민신문고에 사실관계 확인해 달라고 다시 민원 넣었다.

아내는 오늘 아주 큰 일을 했다. 마루랑 둘이 어떻게 지내나 걱정을 많이 했는데 보리 생일 이후에 용기를 얻은 것 같고 뭔가 좀 더 당당해진 것 같다고 해야 할까. 보리를 위한 원목 진열장을 샀는데, 가구점에서 봤을 때 딱 저거다 싶었다고 한다. 크기도 어쩜 그곳에 딱 들어맞는지 보리를 위해서 만들어진 것 같았다. 아내는 보리에게 보내주려고 태운 것들이 후회가 된다며 보리가 즐겨 읽던 책들, 가지고 놀던 장난감 등 보리의 유품들을 진열장 안에 진열했다. 보리 생각이 얼마나 많이 났을까. 그리고 얼마나 아쉬웠을까. 아내가 나에게 보내준 메시지다.

보리 물건들 정리해서 넣어 봤어요.

하나하나 먼지 닦아서 책장 하나하나까지….

보리 읽어주던 기억들이 새록새록 떠오르네요. 그때 그 시간들이 이렇게

소중한 추억으로 남을지 몰랐는데…. 아쉬움이 많이 남네요.

좀 더 재미있고 멋지게 읽어줄 걸. 많이 보고 싶은데 잠시나마 보리가

다녀간 것 같아요. 보리 물건 보내줘야 하늘나라에서 덜 무섭고 덜 외로

울까봐 많이 태워 보냈는데 조금 후회가 되네. 내겐 다 기억을 되살릴

수 있는 보물들이 될 텐데….

점심 맛있게 드세요, 비가 오니까 또….

240일, 유치원 활동사진

요즘 나는 살면서 왜 기도가 필요한지 실감하고 있어. 왜 매순간순간 깨어있는 게 중요한지. 선생님이 보리가 유치원에서 활동한 사진을 보내주셨어. 사진을 가지고 계시다고 해서 보내달라고 부탁 했어. 엄마가 보시면 지금 아빠보다 더 우시겠지. 그래도 살 수 있는 건 잊기 때문이 아닌가 싶어. 매 순간 눈앞에 있는 것처럼 생생한데 실제로는 만날 수 없다는 생각에 붙들리면 폭발하는 슬픔을 억누를 수가 없어. 보리를 차에 부딪치도록 내버려두었다는 생각에 모든 할 말도, 할 일도, 생각도 잊어버려.

보리 유치원 활동사진 보니까 웃는 모습이 딱 한 장뿐이야. 집에서 찍은 건 웃는 모습, 행복한 모습이 참 많은데…. 보리와 더 많은 시간을 함께 보내지 못해 많이많이 안타깝다. 너무 많이 안타깝고 슬프고 아빠가 한심하고 그래. 보리야 진심으로 보고 싶다. 진심으로 사랑한다고 말하고 싶은데 네가 보이지 않는 지금 진심으로 사랑하는 게 뭔지, 어떻게 해야 하는 건지 모르겠어. 안을 수도 없고 무엇도 해 줄 수가 없어서…. 그리워하고 보고 싶은 것 말고 너를 위해 할 수 있는 게 뭘까. 보리야! 내 말 듣고 있지?

보리야, 사랑해. 사랑해

249일, 이렇게 빨리 갈 줄 알았다면

너를 그 낡은 집에서 맞이하고 엄마 아빠는 참 많이도 싸웠지. 그리고 새집으로 이사를 갔어. 너를 낳던 그해에. 그 집에 산 2년 동안 얼마나 행복했는지 몰라. 보리는 꿈나무 어린이집을 다니다가 박 선생님 댁에도 다녔고 이사 간 이듬해, 오렌지 어린이집에 채우지 못한 2년을 다녔지. 함창집에서…

아빠랑 돈달산도 가고 매봉산도 가고 이안초등학교도 가서 놀기도 하고 뒷산에도 갔고 눈이 오면 대천명 형아랑 썰매를 타러 다니기도 했지. 옥상에 올라갔다 내려왔다 하면서 장난도 많이 쳤어. 엄마는 그때까지는 보리를 비롯해서 생활에 힘겨워했지. 진인사, 대천명 형아 데리고 멀리 가은까지 통학시키고 출퇴근하기 힘들었나봐. 참, 이사 간 첫 해에 대천명 형아가 발작을 시작했지(다행히 이제는 모두 나았지만). 엄마는 모든 게 힘들었을 거야. 계약기간이 끝나고 상주 외서로 이사 갔지. 그리고 아빠 외서 집에서 거의 1년을 문경으로 출퇴근 했지. 가는 길에 보리를 점촌에 있는 오렌지 어린이집에 내려주고 엄마가 퇴근할 때 데려오고, 우리 모두 힘들었다. 그래도 더 많이 웃어주고 더 많이 안아주고 더 많이 놀아 줄 걸. 이렇게 빨리 갈 줄 알았다면….

256일, 들문학

어제 그렇게 많이 울었어도 꿈에 나타나지 않았어.

저녁부터 비가 오네. 엄마가 집에 혼자 있는 동안 보리 생각을 많이 하나봐. 당연하겠지만.

참, 알고 있지? 들문학이라는 문학 단체에 시 몇 편을 처음으로 써서 냈어. 참가해 보려고.

257일, 들어본 적 없는 말

김샘이 다녀가셨어. 너를 정말 아꼈던 분이지. 내가 부담스러워 한다는 걸 아셨는지 시장에서 저녁만 드시고 가셨어. 덕분에 오늘은 우리 집에 족발, 편육이 넘쳐나네. 아빠도 막걸리 마시면서 두어 점 먹었어. 김샘을 생각하니 보리가 떠난 다음날 새벽, 내가 너무 서럽게 울면서 엎드려 마루를 쾅쾅쾅치니 '보리 아빠까지 이러면 어떻게 해요' 그 말 했던 게 떠올라.

사람들은 '너도 힘들겠지만 가족과 뱃속의 아기를 생각해서 중심을 잘 잡으라고 했어. '그래도 산사람은 살아야지' 심지어는 '고통스러운 건 알겠지만 일본 전국시대 책을 보면 가족이 몰살당하고 이런 일이 다반사였어' 이런 말을 한 사람까지 있었다. 그 사람은 좀 때려주고 싶었어. 그러고 보니 충분히 아파하고 애도하고 슬픔을, 눈물을 참지 말라는 말을 들어본 적이 없는 것 같아.

아빠는 아직 사랑과 집착을 구분하지 못하는 것 같아. 진인사, 대천명, 마루에게 또 실수하고 싶진 않은데…. 처음 사고 났을 때 내가 침착하고 담담할 수 있었던 게 이해가 되지 않아. 아니면 요즘 내가 그때보다 더 어리석어졌나?

258일, 대천명 형아

오늘 대천명 형아가 보리가 보고 싶대. 어떤 모습이 제일 보고 싶으냐고 했더니 그냥 같이 놀고 싶대. 오죽하면 그렇게 말했을까. 진인사 형아도 오늘 정말 더 많이 보고 싶었대. 보리도 형아들과 만나서 놀고 싶지 않니? 형아들이 보리가 떠나지 않고 식물인간으로라도 살아 있으면 좋았겠대. 너무너무 보고 싶은가 봐. 정말 식물인간으로 살아 있으면 보리는 얼마나 힘들었겠냐고 했지만 얼마나 보고 싶으면 그럴까 안타까웠어. 보리가 떠난 지 아홉 달을 향해서 가고 있어.

오늘 퇴근하는데 집에 거의 다 왔을 때 유치원생쯤 되어 보이는 여자아이를 언니들이 손을 잡고 가고 엄마는 앞서가면서 빨리 오라고 고함을 지르는 거였어. 유치원 여자아이랑 언니로 보이는 아이들은 차도로 가고 있었어. 유치원생 막내 동생이 차도 가장자리 쪽으로 가고 있었지. 저건 아닌데, 엄마가 손을 잡고 가야하는데 생각하다가 내 처지를 보고는 내가 말할 자격이나 있나. 참 딱하다 싶었어.

진인사 형아는 오늘 병설유치원 아이들 뛰어노는 모습을 보면서 보리 생각이 많이 났대. 진인사, 대천명 형아에게 너무 큰 짐을 안겨주었어. 대천명 형아가 캠프가 끝날 때까지 신나게 놀기라도 하고 보내줬으면 후회가 덜 되었을 거라고 해. 너무나 안타까워.

이렇게 밤에 홀로 있으면 눈물 흘리며 안타까워하는 게 오히려 자연스러워. 오늘 아침에 엄마가 꿈에 보리 뽀뽀를 받았다던가, 안아주었다던가 아무튼 기분 좋은 꿈을 꾸었나봐.

보리가 우리를 찾아올 때 언제든 너를 느끼고 싶어. 그러면 왜 안되는 거지? 안될 이유라도 있나. 살아있다면 지금쯤 어떻게 컸을까. 봄은 왔는데 보리는 어디 있는 거니? 함께 산에 가야하는데….

이렇게 보고 싶은데 꿈을 꾸면 왜 매번 엉뚱한 꿈만 꾸는지 원. 얼마 안 되는 월급에 아들을 넷이나 키워야 한다고 걱정만 안했어도, 내가 천만 원 기부하겠다는 선언만 안했어도, 아기가 태어나면 차도 바꿔야 하나 고민만 안했어도, 내가 이런 저런 일들로 엄마랑 싸우지만 않았어도, 내가 그 놈의 당포초등학교만 고집하지 않았어도, 보리야! 미안하다는 생각이 너무 많이 든다. 엄마랑 진인사, 대천명 형아에게도, 내가 보리 손을 잡고 있어야 했는데. 엄마라면 그렇게 했을 텐데…. 보리에게 잘 자라라고 말하고 싶어. 우리 언제 다시 만날까?

263일, 배꽃

20대 국회의원 선거일이었고 벚꽃 구경을 하고 왔어. 공검, 외서를 지나오는 길에 배꽃이 만발했어. 엄마가 그걸 보더니 눈물을 많이 흘렸어. 노래가 슬퍼서 그런가 했더니 저녁 때 행복나누기 할 때 왜 그랬는지 말해 주었어.

외서 봉강집에 살 때, 퇴근하는 길에 배꽃 핀 모습을 보라고 하니까 창문 너머로 고개를 들어서 넘실넘실 배꽃을 보던 보리 생각이 났대. 올해도 배꽃은 어김없이 피었는데 보리가 없다는 생각에… 우리 모두 비슷한 상상을 했겠지. 우리 모두에게 여전히 받아들이기 힘겨운 사실이지. 집에 도착할 무렵 대천명 형아가 잠들었다 깨면서 꿈을 꾸었는데 보리가 사고 날 때 모습, 시체가 된 모습을 보았대. 말해 줘서 고맙다고 했어.

264일, 보리의 눈물

깨기 전에 꿈을 꾸었어. 보리 얼굴을 가장 또렷이 보았고 눈물을 말없이 흘리고 있었어. 깨보니 나도 눈물을 많이 흘렸다는 걸 알았어. 그리고 바로 떠오른 생각이 '보리가 엄마 걱정을 많이 하는구나'였어. 미안해. 엄마에게 더 잘해주지 못해서. 이제부터라도 엄마에게 더 잘할게.

그 전에 꾼 꿈에는 보리가 얼굴만 내놓고 묻혀 있었어. 살았는지 죽었는지 모르겠고. 보리를 꺼내주니까 예쁜 인형이 되었어. 약간 추상적인 인형. 무슨 꿈일까. 누구에게 물어보면 좋으런만….

272일, 보리와 마루

바람이 시원하고 조금은 세차서 옥상에 빨래를 널고 왔어. 빨래를 널면서 나에게는 아들이 넷이 있는데 아무리 세어 봐도 셋밖에 안되는 게 이상했어. 생각해보니 셋째 보리가 넷째 마루와 몸을 합했기 때문이었어.

오늘 저녁에는 마루에게서 보리 모습을 아주 많이 봤어. 낮에 엄마도 침대에서 자고 있는 마루를 보고 보리인줄 알고 깜짝 놀랐대. 진인사 형아도 위에서 아래쪽을 쳐다보고 있는 마루의 모습은 보리랑 많이 닮았다고 나와 같은 생각을 해서 놀랐어. 보리가 우리에게 다녀간 날인 것 같아.

273일, 합쳐진 감정

하루가 가버렸어. 텃밭에서 일을 하고 돌아오는데 보리가 보고 싶었어. 아침에 거실에서 뛰는 소리가 나서 또 보리 생각이 많이 났어. 보리가 타다다닥 뛰어가는 그 모습이 떠올라서. 이런 느낌, 감정 뭐라고 해야 할까. 그리움, 슬픔, 안타까움, 애절함, 후회, 우울함, 원망, 미안함, 자책감 이런 것들이 모두 합쳐진 느낌.

274일, 심장 마사지

엄마가 오늘은 온 가족이 같이 있는데 보리가 너무 보고 싶대. 옷
정리를 하다가 심폐소생술 손수건을 보고 가슴이 콱 막히는 줄 알았
대. 내가 그거 했을 생각을 하고는…. 내가 내 아들의 심장 마사지를
어떻게 했을까. 제 정신이었나 아니었나.

277일, 슬픔이 얼마나 쌓여야

오늘 엄마는 상담을 하고 왔어. 오늘은 말을 하고 좀 시원했대.

저녁때는 캘리그라피 수업에서 알게 된 친구를 만났어.

아침에 진인사 형아는 코피를 아주 많이 흘렸어. 피를 많이 보니 보리가 생각났어.

죽는다는 건 무엇일까? 컴퓨터나 자동차를 분해하는 것과는 다른 거잖아. 생명이 있다가 없어진다는 건 뭘까? 슬픔이 다져지고 쌓이고 또 다져지기를 켜켜이 몇 층이나 해야만 이걸 알게 될까?

288일, 어버이날

시골 할아버지 댁에 다녀왔고 보리 산소에도 갔다 왔어.

산소에 보리가 좋아하던 팝콘이랑 두유, 젤리도 주었어. 어린이 날 선물로 받은 것도 주었고 전도 한 장 부쳤고 참외, 수박도 잘라 주었어. 언제쯤 엄마의 슬픔에 익숙해질까.

오늘은 눈물이 나오려는 걸 참았어. 보리가 얼마나 보고 싶은지 몰라. 어떤 날은 너무너무 보고 싶어서 힘들 정도야. 그러니 엄마는 더 그러시겠지. 보리가 갈 게 아니었는데 뭔가가 잘못되었다는 생각이 너무 커져. '우연의 일치 같은 건 없고 신은 실수하지 않는다' 이 글귀가 나를 지켜보고 있는데도.

얼마나 지나야 괜찮아질까? 마루가 말을 하고 대화를 할 때쯤?

293일, 너도 느끼려나

한 주가 가고 5월의 중순으로 가고 있어. 정말 한 주 한 달이 어떻게 가는지 모르겠어. 요즘 아빠는 부쩍 외모에 관심이 많아 진 것 같아. 너무 늙어 보이고 말라 보인다는 말을 들어서. 그래서 위축되는 때도 있어. 그러다 오늘은 살아 숨 쉬어 이렇게 사랑하고 살아 다행이고 감사하다는 생각을 했어. 흐르는 물소리, 시원하기도 하고 따뜻하기도 한 바람, 하늘의 구름 한 조각, 햇빛…. 먼저 떠난 보리는 이런 걸 피부로 느끼지는 못하잖아. 요즘은 문득문득 네가 느끼지 않아도 다 알려나 하는 생각을 하곤 해. 사랑해, 생생하게 떠올라.

엄마가 요가를 마치고 와서 작년 보리 생일 때 인공폭포 앞 원두막에서 오리고기 구워먹던 생각이 나서 눈물이 났다고 해. 나는 그 폭포 앞 개울가에서 물에 빠지기도 하고 석양을 보며 놀던 거, 팔각정까지 올라갔다가 내려오면서 숲에서 공룡놀이 하던 생각이 나. 마루를 업어주는데 보리가 '안 업어주기다'하며 업히던 생각도 나고.

보리야! 네가 우리 곁에 있다는 걸 한 번만이라도 보여주면 좋겠어. 네가 커나가는 걸 볼 수 없다는 게 안타깝고 죄스러워. 도무지 산다는 게 무엇일까. 삶과 죽음에는 어떤 비밀이 있기에 이렇게 꼭꼭 감춰놓고 감정을 모두 벗겨내려고 하는 것일까. 도대체 왜 무엇 때문에 떠날 수밖에 없었는지 한 번만 속 시원히 말해주면 되잖아. 그게 그렇게 안 되는 건가.

296일, 시를 써보겠다고

아주 맑았어. 엄마가 김밥을 맛있게 싸서 보리에게 제일 먼저 한 줄을 갖다 주었는데 맛있게 먹었는지 모르겠어. 정말 맛있었는데….

보리가 늘 우리와 함께 한다는 걸 느낀다는 건 좋은 거겠지? 김밥을 싸는 내내 얼굴이 어두워 보였어. 내가 먹어본 김밥 중에 제일 맛있었는데.

요즘은 시를 좀 써보겠다고 보리에 대한 그리움과 슬픔의 감정을 흘려보내지 않거나 피하지 않고 일부러 데려오기도 해. 잘하고 있는 걸까. 하루에도 여러 번 보리에게 부끄럽지 않아야 하거나 보리를 대신해 살고 있다는 생각을 하곤 해. 그래도 정말 딴 생각이 많이 나. 그래서 짜증이 좀 날 때가 있어.

304일, 아직도 세 아들이 있으니까

오늘도 나는 하루를 보내고 네 앞에 앉아 있구나. 네가 없다는 말은 거짓말이겠지. 어딘가 있겠지. 내 생각을 알아차리고 내 말이 들리는 어딘가. 엄마는 오늘, 아직도 믿기지 않는다고 했어. 네 생각이 많이 나는 거야. 수채화 시간에 바닷가 그림을 그리겠대. 너와 형들이랑 함께 놀던 남해의 그 해변이 떠오른다며.

네가 없어도 우리는 살 수 있어. 형들도 학교에 잘 다니고 있고, 남아 있는 우리들은 잘 살아야 하지. 우리에겐 아직도 세 아들이 있으니까. 그리고 많이 사랑하고. 네가 없다고 모든 걸 잃은 것 마냥 슬퍼하고 한숨짓는 것이 진인사, 대천명에게는 미안한 일이지. 그런데 네가 없는 진인사, 대천명은 때로는 너무 허전해 보여서 더 슬프게 한단다.

307일, 감정이라고 하는 것

20여 년 전에 엄마 이전에 연인이 있었지. 이름도 기억하고 얼굴도 기억하고 함께했던 사건들도 기억나는 게 있어. 가끔 기억나기도 하고 미안한 마음도 있어. 살아있는지 죽었는지 모르겠어. 죽었다 해도 별로 다를 건 없는 것 같아. 관계가 끝나면 죽어도 그만, 살아도 그만이고 그녀가 나름의 인생을 잘 살기를 바랄 뿐이지. 뭐 사실 그것도 별로 중요하지 않은 것 같아. 죽고 사는 건 단지 관계의 문제, 인식의 문제일 뿐인가. 죽고 사는 것조차 내가 결정하는 건가. 받아들일 것을 받아들이기 싫다고 발버둥치고 있을 뿐인가.

사건들이 영화보다 생생하게 실제 현실처럼 내 옆을 휙휙 지나간다. 어떤 장면은 너무나 아름답고, 간직하고 싶어서 그리고 그 장면을 함께 만들어낸 사람과는 헤어지기 싫어서 애를 먹는 경우가 있겠지. 다만 우리가 그런 거겠지. 우주 전체로 볼 때 이런 일을 한두 명이 겪겠어. 다반사일거야. 찬란한 파도가 일어났다가 더 큰 파도에 한순간 휩쓸려 사라지는 일 말이야. 그렇다고 바다가 애석해하진 않겠지. 파도 또한 어디론가 사라져서 없는데.

감정이란 무엇일까? 담담한 상황에 일어나는 이 격랑 같은 슬픔, 눈물 나게 하는 이 에너지, 이것은 어디에서 와서 어디로 가는 것일까. 그렇게 다녀가고도 무슨 볼 일이 더 남아서 또, 또, 또 찾아오는 것일까. 게다가 나는 무엇 때문에 그 감정을 자꾸만 초대하는 것일까. 죄책감? 감정의 사치나 허영심인가? 잠들면 그만이지. 아무리 울고불고 해도 잠들면 네 꿈조차 안 꿔.

309일, 보리에게 잘한 일

5월의 마지막 주 일요일이 지나간다. 마음속으로 흘린 눈물이 겉으로 다 나와야 결국은 끝이 날까.

보리를 사랑의 눈빛으로 대했던 게 언제였던가. 다른 생각은 안하고 오로지 보리만 보았던 때. 아마도 작년 5월쯤이었을 거 같다. 하루는 아침에 하얀색 타이즈만 입고 학교를 간다는 보리를 나는 된다 안 된다 아무 말 하지 않았다. 그렇게 꼭 입어보고 싶으냐고 다시 묻고 그렇다기에 갈아입을 옷을 보내고 선생님께 메시지를 보냈다. 그때 나는 오로지 보리가 온전하게 이 세상을 체험하길 바랐다. 창피함이라는 감정, 남들과의 조화, 자기가 하고 싶은 것을 하는 기쁨 등등…. 그때 다른 생각 않고 보리만 봤던 것, 아빠로서 몇 안 되는 잘한 일이었다. 보리가 가고 없는 지금 그건 무슨 의미일까. 만약 그때 우리의 미래를 알았다면….

나는 더더욱 그렇게 했을 것이다. 그러니 잘한 게 맞는 거다.

오늘, 미래를 위해서 준비하는 오늘의 여러 가지 일들 - 보험이라든가, 시험공부라든가, 심지어는 옷 정리까지도, 여러 집안일 등등 이것이 무슨 의미가 있는가 곰곰이 생각해 보게 된다. 도대체 현재를 희생해서 지켜야할 미래(오지 않은)가 무슨 의미가 있는가.

330일, 슬픔에게

네가 떠난 지 열한 달

마음속에 너는 멈춰있는데 달력 열한 장을 뜯어 갔고

네 살은 얼마나 흙으로 돌아갔을까

창백해 가던 입술, 주저앉은 코, 꺼지고 피 흘리던 눈과 귀,

푸르러지던 두 발이 한 걸음도 물러나지 않았는데….

오늘 나를 재울 수 있을까

잠이 나를 묻어 줄까

눈물이 머리에서 등까지 너무 많이 솟아나고 있어

다 퍼냈다 싶으면 또 그만큼 고이고

한 너울 넘었나 싶으면 더 큰 물결이 나를 기다리고 있어

허나 어찌 파도가 파도를 겁내겠어

이별이 이별을

슬픔이 슬픔을

눈물이 눈물을

겁낼 수 없듯이

1년 전, 오늘

네가 떠나고 열두 달이 사라졌네

1년 전 오늘 아침, 딱 이 시간

돌아다니며 먹지 않기 졸업해서 아빠 축하 듬뿍 받았지

그리고 며칠 동안 흥얼거리던 노래도 불러주었지

보여줄게, 완전히 달라진 나

보여줄게, 훨씬 더 예뻐진 나 *

마지막으로

3층 계단 내려갈 때, 늘 하던 것처럼

아빠, 업어줘

다 큰 게 뭘 업어 달래, 싫어!

그럼 오늘은 안 업어주기다!

그건 좋아!

네 계단 내려가 등 돌려대고 능청스레 앉아있으니

펄쩍 뛰어 목 콱 끌어안아 업혔지.

안 업어주기라며?

이게 안 업어주기야

그러고는 어느 때처럼 발을 동당거렸지

마지막으로

네가 늘 같이 있다는 느낌 어렴풋한데

한 번쯤 그냥 말로 해주면 안 되겠니?

함께 더 있으면 안 되었니?

'안 업어주기' 더 하면 안 되었니?

남들처럼 살아도 되는 거였잖아

오늘 새벽은 유난히 길고도 깊다

네가 깨웠지?

두 살배기 동생 잠에서 깨

나를 불러

나를 보고 웃고 있어

* 가수 에일리의 노래 〈보여줄게〉 중에서

1주기를 보내며

형제들에게

꿈같은 이틀이 지나갔습니다.

보리를 기억하며 진인사, 대천명, 마루를 데리고 보리가 마지막으로 뛰어놀던 문경의 숲과 강가, 학교와 집에 가 보았습니다. 문경은 아무렇지도 않게 잘 있었습니다. 똑같은 모습, 똑같은 일상에 그 초등학교 아이들은 물놀이로 바쁘고, 오늘인 줄 아는 사람은 우리 밖에는 없습니다.

강변에는 방생하려 들고 가는 물고기 보고 어디서 그렇게 많이 잡았냐고 묻기도 합니다. 보리와 함께 문경에서 방생을 하려고 몇 번을 벼르다가 결국 못하고 보내서 한이 되었습니다. 방생하면 복을 지어 명을 더 늘린다 하던데 그것도 아닌 것 같다며 마루 엄마는 쓸데없는 짓이라 하지만 진인사, 대천명, 마루와 함께 굳이 문경 강가에 방생을 했습니다. 보리의 몫까지 잘 살아달라고 부탁했습니다.

그리고 사진이며 동영상을 이틀 동안 모두 꺼내 보았습니다. 진인사는 아무 말이 없고, 늘 밝기만 하던 대천명은 영상을 모두 보고는 자기 방으로 들어가 문을 닫고 조용히 울고 나와 보리가 보고 싶어서 울었다고 이야기 합니다.

가해자가 왜 그렇게 원망스러운지, 그 자리에 함께 있던 선생님, 학부모들은 왜 그렇게밖에 못했는지, 나는 왜 그랬는지, 지난 일을 생각하는 것이 나에게 도움이 될지 안 될지 상관없이 요즘은 자꾸만 그 생각을 하게 되고, 하고 싶어 하는 것 같습니다.

어느새 1년이 꿈같이 흘러갔습니다. 모든 것이 그대로인 것 같습니다. 보리만 빼고.

대천명 같은 반 친구가 타임머신 설계도 작업을 마쳤다고 합니다. 대천명이 첫 번째로 예약을 했답니다. 그걸 타고 1분 전으로 돌아가 보리를 데려오겠다고 합니다. 그 친구와는 사이가 그다지 좋지 않았는데 요즘은 잘 지내보려고 노력 중이랍니다. 그 친구에게는 약점이 하나 있답니다. 니랑 절교하겠다고 하면 꼼짝 못 한다는 건데, 대천명에게 부질없는 생각이라고 말해 줄 수는 없습니다. 저도 조금 기대를 걸어보게 되니까요.

마루가 없었다면 어찌했을까 생각하며 잘 자라주고 작지만 가장 든든하게 자리를 지켜주는 마루에게 고맙습니다. 그리고 아내와 진인사, 대천명에게도 구불구불하고 덜컹거리는 이 멀미나는 길을 함께 걸어줘서 고맙다고 말하고 싶습니다. 그리고 부모님과 형제들에게도.

멀든 가깝든 우리를 응원해주고 잠깐씩이라도 함께 걸어주는 모든 이들에게도….

377일, 사고 장면

───────────────────────────────── ✺

　며칠 전 수사기록을 보다가 보리가 차에 부딪히는 순간을 정지사진으로 출력한 흑백 인쇄물을 보게 됐다. 보리는 세워진 트럭 때문에 그리고 나무 때문에 차가 오는 것을 보지 못했던 것 같다. 운전자도 트럭 때문에 보리를 보지 못했다고 했고, 현장 정황상 그럴 수 있다고 인정되었다. 그것이 거짓인지 아닌지 확실히 밝히려고 더 노력했어야 했는데, 그때는 용서를 해야만 한다는 생각 때문에 사실을 밝히려고 더 노력하지 않았다. 나라도 도주했다고 인정하기 쉽지는 않았을 것 같다. 결국은 알게 되겠지. 보리를 만나서 물어보게 될 테니까.

　지금 내가 힘든 것 중 하나는 내가 너무 경솔했다는 것이다. 고양이를 치고 타 넘은 사고를 겪어본 뒤로 사람을 치고 바퀴로 넘어간 것을 모른다는 게 있을 수 있는 일인지 이해하기 어려웠다. 가해자는 전혀 앞을 보지 않았던 거다. 보리가 깜짝 놀라서 피하려던 모습이, 그 장면이 내 머릿속에 각인되어 버렸다. 보리가 깜짝 놀라 옆으로

몸을 돌리고 부딪치고 넘어지고 바퀴에…. 얼마나 놀라고 두렵고 아
팠을까.

　내가 이 장면, 이 순간들로 충분히 괴로워하고 타인의 고통까지 내
것이 될 때까지 보리는 이 사건의 진실과 진정한 의미를 보여주지 않
을 것 같다. 나는 더 많이 눈물 흘리고 괴로운 밤을 보내야 하고 참회
의 기도를 해야한다.

마지막 여행

보리와의 마지막 여행이었어. 삼척을 거쳐 정선으로 떠난.

삼척의 어느 바닷가에서 놀았던 게 보리와의 마지막 바닷가 여행이었고 그때 보리는 다시는 바닷가에서 모래놀이를 할 수 없는 아이처럼 놀았던 거였어. 혼자서 그리고 대천명 형아랑.

정선에서 곤돌라도 타고 동굴도 갔었지. 약수터 앞 식당에서 곤드레밥을 엄청 많이 먹고 저녁 늦게 집에 도착했지. 영월, 제천, 충주를 지나서 문경 집까지 긴 밤길이었지. 보리는 차에 타자마자 잠들었어. 아빠가 안고 3층 계단을 올라가 뉘었지. 우리가 함께 자던 그 침대에⋯. 그리고 23일 후에는 우리 가슴속에 뉘었지.

마지막 여행 2015. 7

그립고 그립고 그립다

금지곡

아빠! 이 노래 들어봐

따르릉따르릉 비켜나세요

저기 가는 저 사람은 조심하세요

자동차가 사람을 다치고 가게

히힛 재밌지?

어, 이상하다, 왜 노래를 저렇게 부르지?

알아들었다면

우리 더 오래도록 볼 수 있었을까

몰랐어

몇 십 번을 불러도

우리가 그렇다는 걸 알고 있었니?

나중에는 알게 되리라는 것도 알고 있었니?

네가 떠나가던 날 부르던 노래

보여줄게 완전히 달라진 나

보여줄게 훨씬 더 예뻐진 나*

그리고는 다시 왔지만

여전히 두 노래는 금지곡

* 가수 에일리의 노래 〈보여줄게〉 중에서

가슴에 묻는다는 것

자그마할 때 몸 잃은 아이는
엄마 몸으로 다시 들어간다
가슴으로 가슴으로 파고 들어간다
기꺼이 흉곽을 뜯어 아무렇게나 덮어둔다

어느 날은 새끼손가락이 나온다
팔꿈치가 나온다
완두콩 발가락이 나온다
머리카락이 바람에 흩날린다
동그란 뒤통수가 도드라진다
엄마 닮은 쪽박귀, 오똑한 코가 내밀어진다
새처럼 초롱한 눈이 나온다
하트색 엉덩이가 나온다
얼굴이 나온다

찬란한 날은 찬란해서

비 오는 날은 흙이 씻겨

생일날은 숫제 흙 묻고 더러워진 옷 새로 갈아입는다

묻어도 묻어도

백골처럼 나온다

여보, 미안해

우리 둘 사이에 늘 보리가 있었다

싸울 때도 웃을 때도 울 때도 사랑할 때도

그리워서 부르면 어디나 함께 있을 거라고

수십 번을 말해도 아내 고집, 꺾을 수가 없다

보리는 어디 있을까

여보, 나 보리가 너무 보고 싶어

보리 볼을 부비고 쓰다듬고 싶어 미칠 것 같아

나도 그래

여보, 나는 결국엔 보리가 다시 올 거라 생각했나 봐

사람들이 자기들 힘들다고 말할 때 너무 가증스럽고 더 힘들어

사람들 사이에서 아무 일 없는 척

둘째와 막내 사이 긴 터울, 아무렇지 않게 대답하기도 너무 힘들고

조금만 더 깊이 들어가면

굵은 바늘이 속으로 쑥 들어와 큰일이 날 것만 같아

상처가 너무 커져 버릴 것만 같아

차라리 그냥 죽어버리면 좋겠어

당신이 나 없을 때도 아이들과 잘 지내는 걸 보면

난 아무 쓸모도 없는 것 같아

그냥 보리에게 빨리 가고 싶어, 보리가 나 만나줄까?

여보, 왜 그때 보리를 지켜보지 않았어? 당신이 너무 미워

그래, 나도 내가 미워

당신은 어디 가서 나서지 좀 마

보리가 그렇게 될 때 당신이 왜 학교 일을 도왔냐고

돈이 뭐라고

내가 일을 하는 게 아니었는데

내가 우리 보리 옆에 있어야 했는데

내가 지켜준다고 했는데

여보, 미안해

할 말이 없다

이 말 밖에

영혼이 어떻고 신이 어떻고 운명이니 업보니 다 실없는 소리

이러다 부둥켜안고 잠들면 어느새 아침

물매화 같은 아들 셋, 오소소 피어난다

불어 오른 눈가로 미소, 다시 피어난다

밥상에 김이 오른다

누가 누가 더 슬플까

눈 오는 날, 좋아하는 참치 김치찌개 끓여 달라 하고
놀러 나가서 돌아오지 않은 딸, 20년 넘게 기다리는
아버지와 나
누가 누가 더 슬플까

메이크업 디자이너가 꿈이던 단원고 딸 아이
생때같은 자식 탄 배, 가라앉는 중계방송 지켜보던
엄마와 나
누가 누가 더 슬플까

태어나 아홉 달 동안 인큐베이터에서만 살다가
살아있을 때 끝내 한 번 안아보지도 못한
엄마와 나
누가 누가 더 슬플까

내가 지켜줄 거니까 걱정 말라고 한 지

채 하루가 안 되어 사고로 보낸, 만삭이던

아내와 나

누가 누가 더 슬플까

머리 깨지고 숨이 없는 아들 가슴을 눌러 대던 나

그리고 지금의 나

누가 누가 더 슬플까

* 도종환의 시 〈누가 더 놀랐을까〉가 생각난 날

열흘 전에 알았다면

온 가족 함께 멀리멀리 여행을 떠났겠지

그리고 계속 안아주었을 거야

볼을 부비고 손을 잡고 눈을 맞추고

눈물은 단단히 가두었겠지

음식 흘리고 옷에 묻히고

물을 쏟아도 짜증나지 않고

서투르다고 답답해하지 않고

화날 만해도 화내지 않았을 거야

먹고 싶은 걸 사달라고 해도 핑계 대지 않았겠지

문방구 창 너머로 들여다보며 몇 번이나 갖고 싶다 했던

공룡 킹도 사주었겠지

놀라고 좋아하고 웃을 일 찾았겠지

너무 많이 웃어서 잘 때조차도 웃는 얼굴로 자게 했을 거야
잠이 들더라도 눈에 담아두기 위해 잠든 널 지켜보았을 거야

아빠 아들로 태어나길 잘했다는 생각 들게 하고 싶었을 거야
열흘만이라도 흠뻑 사랑받았다고 느끼게 해주고 싶었을 거야

열흘째 되는 날은 한순간도 눈을 떼지 않을 거야
그리고 기쁜 마음으로 보내줄 거야

눈물이야 어쩔 수 없겠지만
웃는 눈물로 보내주겠지

그리 좋은 아빠는 아니었어
오늘은 꿈속에 찾아와
엄마 아빠 만나 행복했다고 말해주면 좋겠다
형아들이랑 마루에게 그렇게 해주라고 하겠지
언제 갈지 모르길 잘한 것 같다

심폐소생술

5분 동안이나 경력, 자격증 떠들어 대다

심폐소생술 시범을 보인다

왜 그렇게 표정이 안 좋으세요? 어디 아프신가요?

아무리 제 수업이 맘에 안 들더라도 인상 조금만 펴 주세요

너 같으면 펴겠냐

아들 기도 막은 핏덩어리 꺼내

기도 확보해 본 적 없잖아

심장 멎어 해도 해도 안 돼

포기해 본 적 없잖아

같이 구급차 타고 응급실 가서

영안실로 보내본 적 없잖아

괜한 사람 시비다

제발 살아나기를

인형 가슴을 힘껏 눌러 본다

하나, 둘, 셋, 넷
다시 하나, 둘, 셋, 넷

내가 누워있고
인형이 나를
으깨지도록 눌러주었으면

또 봄

봄은 왔지만

보리만큼은 오지 않았다

어둠도 보리만큼은 오지 않고

밝음도 그렇다

먹어도 보리만큼은 차지 않고

웃어도 보리만큼은 못 웃는다

꽃마저도 보리만큼은 피지 않는다

그렇게

또

무심하게

여름

용서하고 싶다

네 잘못이 아니야

선생님이 차에 태우고 갔으니 믿었던 거야

선생님을 믿지 못하면 어떻게 학교에 보내겠어

비 맞으며 음식 내리는 걸 보고 모른 척할 수 없었던 거야

함께 있었다 해도

계속 꼭 붙잡아 둘 수는 없는 거잖아

학교에서 늘 그랬던 것처럼 형 누나들과 놀았을 거야

누군가 길 건너에서 불러 달려갔을 거야

미친 차는 달려들었을 거고

너는 알 수 없었어

할 수 없었어

그 날 작별하기로 되어있었던 거야

미리 작별인사를 했던 거야

노래도 불러 주었고

마음의 준비도 하라고 했지

그러니까 이제는

합의

다섯 살 아이 머리가 작다고

차로 타넘어 갔는데

그걸 모를 리가 있나

그 생각을 남겨두고도

합의서에 사인을 했다

우리를 속였다면 그래서 처벌을 면했다면

자신을 속인 기억의 벌

죽음 앞에서 후회할 벌

죽고 나서도 씻어지지 않는 벌

더 가혹할 것이므로

진짜 합의는 죽은 뒤에

보리 뜻에 따라 하기로 한다

우선 나는 죽기 전에 마음에 걸릴 사람을 찾아

용서를 구하기로 한다

눈을 감고

가만히 누워

눈을 감고

마루야 사랑해

마루야 사랑해

마루야 사랑해

천천히 세 번을 뇌이면

눈물이 귓불에 이르고

나도 모르게

보리야 사랑해로 바뀌어 있다

눈을 감고

보리야 사랑해

보리야 사랑해

보리야 사랑해

작게 세 번 속삭이면

눈물은 미소가 되고

나도 모르게

마루야 사랑해가 된다

숨 소리

셋째와 넷째는 마음속에 늘 같은 막내
뱃속에서 형 소식 들어선지
넷째 막내는 하룻밤에도 수없이 잠을 깬다
이불을 가슴까지 덮어줄 때마다
얼굴까지 덮지 않아 다행이다
차갑게 누운 동안 틈만 나면 흰 천 걷어
너무 깊이 잠들어 작은 소리조차 내지 않는 셋째
얼굴 보고 머리 만지고 다시 덮어 주었다
안 보일 때까지

새근새근 숨 쉬는 소리 들려주어 다행이다
애틋한 소리, 살아있는 소리
발이 따뜻해서, 살색이라서 다행이다
아, 이 느낌

그 날, 어떤 이 가슴에다 귀 대보고 소리쳤다

아직 심장이 뛴다고, 살아 있다고

잦아지던 심장소리

그보다 열 배 백 배 크게 뛰어 다행이다

자다 깨 아빠 부르기 열 번 채우는 날은 짜증이 나기도 한다

깨는 것도, 부르는 것도, 짜증도 숨 쉬는 증거

마지막

방금 들은 시계 소리

잠든 아이 쌔근대는 숨소리

두 번 눈 깜빡임

회사에서 했던 말, 그리고 후회

눈에 들어온 아내의 머리카락

아기 재울 때부터 들었던 노래 Both sides now

방금 들이마신 숨

지금 내뱉는 숨

써 놓은 여덟 줄

이 모든 게 마지막이었네

맞구나

늘 이별하며 살고 있었네

어차피

막대기 가족

관음리 포암산 내려오다
허리 꺾인 못난이 막대기 하나 주웠지
얍! 얍! 칼처럼 휘두르다
미끄러지고 자빠지고 엉덩방아 찧으면서도
꼭 쥐고 놓지 않았어

보리 가고 한참 지나
운전석 뒷주머니 삐죽한 게 눈에 걸려
손 넣어 보니
울다 지친 구부러진 막대기
그새 더 야위었어

네 주인이 뭐라 하던?
보리는 가고
못난이 막대기는 남아

보리 보물 상자에서 꺼내
이젠 마루가 들고 얍! 얍!

가족이 늘었다
꺾어진 뼈다귀 하나

포암산에서 2015. 5

설날 아침

난생 처음
아이들에게 세뱃돈이란 거 줘본다
셋째 아들 세배는 받지도 못하고
받을 손도 없지마는
설날 새벽, 처음으로 세뱃돈 넣어
눈물 콧물 몇 방울 함께 봉투를 붙인다

이제는 만날 수 없는 아들
절하고 달려와 부비던 볼
그 느낌 삼삼한데
아장아장 막내가 걸어와
볼을 댄다
더 작고 보드라운

눈 감고
이 느낌
오래오래 기억하리라

사진을 보다가

사진 속 보리 몇 달째

같은 표정 같은 몸짓

가짜다

찢어지면 그만인데

볼 때마다 새롭다

내 인생도 사진처럼 가짜라면

돌아가는 영사기 꺼서 그만이면

지금은 좀 슬퍼도 괜찮을 텐데

누구의 누구를 위한 영화일까

시나리오를 왜 이렇게 썼지

다음에 이런 영화는 만들지 말아야지

그렇게 생각하니 보리에게 미안하다

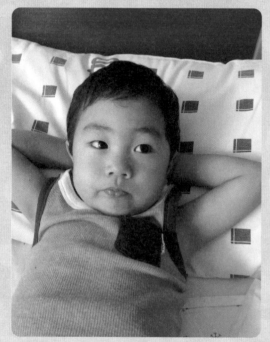

빛 보리 2015. 5

사랑하는 보리에게

보리 일곱 번째 생일에

올해도 어김없이 너의 생일이 돌아왔구나. 사진 보면서 또 많이 참회의 절규를 할 수밖에. 너도 알지만.

그때 아빠가 너를 지켜보고 있었다면 분명 우리는 더 오랫동안 함께 할 수 있었을 거야. 그 자책감에 오늘은 더 엄마와 형들에게 그리고 아빠 자신에게도 얼굴을 들 수가 없구나. 이 생각 외에 운명이니 하늘의 뜻이니, 이사를 잘못했다거나 전생의 업보라는 등 하는 것은 모두다 부질없는 소리.

아빠는 그날 분명 다른 선택을 할 수 있었지만 그렇게 하지 않았어. 그래서 이렇게 되었지. 네가 떠나기 전부터 지금까지 죽음과 영혼에 관한 책을 읽었지만 지금은 오직 이 생각뿐이다. 몇 가지 증거에도 너를 볼 수 없고 만질 수 없고 아무것도 해줄 수 없다는 게 말할 수 없이 슬프게 하는구나.

너를 보내고 두 번째 생일을 맞이한 오늘 내가 어떻게 1년하고도 여덟 달 동안 아무 일도 없던 것처럼 살아올 수 있었는지 신기하기만 하다. 나는 오히려 지금 내가 다시 사람들과 어울려 살아야만 하는 게 뭔가 잘못된 것만 같고 어딘가 아무도 모르는 곳에서 조용히 약초 캐고 산나물이나 뜯으면서 참회하는 마음으로 살고 싶다. 그러고 보니 네가 갑자기 떠난 것을 조금도 받아들이지 못했다는 생각이 들어.

책에 나온 대로 생각하려고 노력했지. 단지 변화만 있을 뿐 죽음이란 끝나는 게 아니라는 걸. 그리고 생각하면 언제든 네가 곁에 와준다는 말을 믿으려고 노력해왔어. 하지만 살아가면서 눈에 보이는 것들에 어느새 마음이 빼앗기곤 했지. 내 마음속의 보리는 읽다 만 책을 책꽂이 한편에 꽂아 두고 한동안 생각만 하다가 오늘 드디어 다시 꺼내 든 것 같아.

나는 늘 네 몸을 보리라고 생각하고 너를 돌보고 안아주고 업어주고 먹여주고 입혀주고 지켜 봐왔지. 네가 떠나던 날 아침에도 너를 업어주었잖아. 그런데 그 날 네 몸은 더 이상 움직이지 않았고 이틀 후에는 내 손으로 그 몸을 수의로 감싸고 관에 담아 땅에 묻었어. 내가 만난 것이 늘 너의 눈빛이며 목소리, 얼굴이었는데 하루아침에 잃고 그것들이 없는 시간을 어찌 지나올 수 있었을까.

살아있을 때 찍은 마지막 사진을 보았어. 관음리 하늘재에 갔을 때지. 안개가 계단까지 내렸고, 떠날 때 입었던 그 옷을 입고 계단을 내려오고 있었지. 사진으로 볼 수 있는 마지막 발걸음.

너를 갑자기 보내고도 어떻게 나는 지금처럼 아무렇지 않은 것처럼 때로는 보내기 전보다 더 어리석게 살아갈 수 있는지 오늘은 참으로 이해가 되지 않는 날이다.

오늘은 보리 생일이야. 너는 음력 2월 9일 새벽 네 시에 태어났어. 아주 단단한 몸으로….

얼굴에 태열이 있긴 했지만 엄마의 정성 덕택에 잘 이겨냈지. 몸은 힘이 넘쳤고 목소리도 그랬어. 그 목소리 어디로 갔을까? 너의 심장, 너의 숨결, 너의 온기 다 어디로 갔을까? 남아있는 우리들은 너의 영상, 목소리를 언제까지 듣게 될까? 엄마 아빠가 죽을 때까지? 아니면 형들이 죽을 때까지? 그냥 서서히 잊는 게 좋은 건지, 아니면 보고 싶을 때 언제라도 볼 수 있는 지금이 더 나은 건지 모르겠다. 어쨌든 두말할 필요 없이 "사랑해, 언제까지나 영원히. 기억되겠지, 언제까지나 영원히" 늘 그렇게 말했던 것처럼.

너의 몸이 눈앞에 없다고 해서 네가 태어나지 않은 건 아니야. 네가 태어난 날 분명 너를 처음 만났고 오늘은 그것만 생각하려고 해.

그날 이후로 어쨌든 우리는 4년 100일이라는 긴 시간을 함께 했고 잠시 떨어져 있지만 다시 만날 거야. 보리는 나를 보고 있겠지만 아빠는 보리가 보이지 않아. 실은 내가 죽기 전에 너를 볼 수 있으면 좋겠어. 그렇게 할 거야. 꿈속에서만 말고 실제로 너와 만날 거야. 내가 내 영혼과 만나고 내 영혼이 보리 영혼과 만나고….

어쨌든 모든 게 아빠 얘기로구나! 널 위해서 최소한 한 가지쯤은 해야겠어. 네가 잘 되기를 바라는 기도라도 하고 싶어. 네가 잘 되는 것은 무엇일까? 보리의 소원이 이뤄지기를 바라. 진심으로 바라. 보리의 꿈이 꼭 이뤄지기를. 아직도 러시아에 가고 싶고 경찰관이 되고 싶다면 그 꿈이 꼭 이뤄지기를. 네가 누군지 아는 거라면 그러길 바라. 영적으로 성장하는 거라면 그러기를 바라.

내가 보리를 만나러 갔을 때 이미 다른 사람으로 태어나고 하늘나라에 없으면 어떡하지? 이것이 몸을 가지고 시공간 굴레 속에 사는 사람만이 할 수 있는 순진한 생각이기를….

어쨌든 보리가 우리 아기로 태어나 4년 동안 많은 기쁨을 줘서 고마워. 보리가 아니었다면 그 누구도 할 수 없었던 거야. 그리고 그때 너를 잘 돌보았다면 다만 하루라도 더 함께할 수 있었을 텐데 정말 미안해. 나와 너와 엄마와 형들에게…. 그리고 보리를 사랑했던 모든 분들에게….

사랑한다 보리야! 언제까지나 영원히.

아빠가

보리 마지막 사진 2015. 7

알아보기를

맑고 맑은 물이 있었다

한눈 파는 사이 물이 말라 버렸다
보이지 않는 곳으로 사라졌다

안개 되어 내 몸 감쌀 때
알아볼 수 있을까

빗방울 되어 이마 적실 때
알아볼 수 있기를….

그들만의

사고 난 날 집에 가지도 않았고 사고 장소까지 교사 차를 타고 간 보리가 11시에 부모와 같이 집에 갔고 사고 장소로 아버지와 함께 갔다가 사고를 당했다고 이상한 보고가 되었는데 아직까지 바로잡히지 않고 있다.

참석해도 된다고 해서 데리고 간 보리를 참가 신청서에 명단이 없다며 교육활동 참여자가 아니어서 학교안전사고가 아니란다. 다니던 학교 행사에 참가했다가 교직원 차에 목숨을 잃었는데….

교육부와 경북교육청은 3년 동안 꿈쩍 않고 있다. 경북교육청, 교육부, 국민권익위, 경북도의회, 대한민국 국회에 '사고보고서 바로 잡고 허위보고 책임자 문책해 달라', '비슷한 사고 나지 않도록 재발방지 대책 세워 달라' 모두 합쳐 수십 번…. 아직도 무시, 오리발.

대한민국 교육부는 나의 교육부가 아니다.
경상북도 교육청은 나의 교육청이 아니다.
그들만의 교육부, 교육청이다.

공무원 헌법

제1조

① 대한민국은 공무원 공화국이다.

② 대한민국의 주권은 공무원에게 있고, 모든 권력은 공무원으로부터 나온다.

.

.

.

제7조

① 공무원은 국민전체에 대한 봉사자는 아니며, 국민에 대하여 책임을 지지 아니한다.

② 공무원의 밥통은 법률이 정하는 바와 같이 보장된다.

그렇다.

어느 교사의 방백

올해만 잘 보내면 교감 진급 목전이다, 조용히 있자. 어차피 초등학생 대상 행사였잖아, 참가신청서도 없고, 푯말에 보리 이름 넣은 거야 뭐 그냥 가족이니까 별생각 없이 넣었다고 하지 뭐. 어차피 결정적인 증거도 아니잖아. 온다는 거 알기야 했지만 몰랐다고 해도 뭐 누가 알겠어. 모두를 위해서는 조용히 넘어가는 게 좋지. 누구라도 몰랐다고 할 거야. 교장선생님이나 교무부장, 보리를 회관까지 태워준 교사랑 다른 교사들도 가만히 있는데 내가 나설 필요 없지. 알았다고 말하면 전부 다 피해를 입게 되고 공연히 문제 복잡하게 만들 필요 없지.

안됐긴 하지만 내가 사실대로 말한다고 보리가 살아 돌아오는 것도 아니고…. 시간이 지나면 보리 부모님도 포기하고 이해하지 않을까. 가족 걱정 끼칠 필요가 뭐 있어. 사실대로 얘기했다가 혹시 징계라도 당하면 교감도 물 건너가고 벽지학교에서 고생한 것도 물거품 되잖아. 재수 없게 하필 마지막 해 여름방학 날 사고가 날 게 뭐람. 아무튼 조용히 좀 넘어갔으면 좋겠는데…. 보리 아빠는 왜 자꾸 전화를 하고 교육청에 민원을 넣지? 무조건 몰랐다고 해야지.

양심이 밥 먹여 주나? 잠깐만 눈 감고 있으면 될 거야. 어차피 모순투성이 세상 모나게 사는 건 좋지 않아. 받아들일 건 받아들여야지. 둥글게 둥글게 살자. 좋은 게 좋은 거야. 내가 무슨 투사도 아니고, 다들 그렇게 살잖아. 이 세상에 완벽한 사람은 없어. 모두 조금씩은 부족하고 감추기도 하는 게 세상살이 아니겠어.

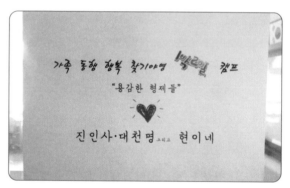

우리 숙영지 안내 문구 2015. 7

누님, 형님들께 소식 전합니다

보리를 허무하게 보낸 뒤에 형제들의 도움과 응원 덕분으로 저희 가족은 나름대로 꿋꿋하게 지내왔습니다.

2015년 말부터 이런 사고가 다시 나지 않도록 교육 당국에 대책을 마련해 달라는 요구를 해왔습니다. 그해 12월에 경북교육청에 알아보던 중, 학교의 보고를 받아 경북교육청에서 작성한 사고보고서에 부모와 함께 집에 갔다가 사고 장소로 데리고 온 뒤에 사고가 난 것으로 작성하여 학교의 책임은 전혀 없는 것으로 되어 있었습니다.

그리고 학교 행사 중에 학교 직원에 의해 그 학교 학생이 당한 사고인데도 학교안전사고로 처리되지 않았습니다. 이것은 학교안전법의 복잡한 사정이 있기 때문인데 어쨌든 보리가 행사 계획상 참가대상자가 아니었다는 이유, 사고보고서상 학교에 책임이 없다는 이유, 교통사고로 가해자와 합의하였다는 이유 등으로 지금까지 그 어떤 대책도 내놓지 않았고 각 교육청이나 각급 학교에 주의 공문 한 장 보내는 노력조차도 하지 않았습니다. 게다가 잘못된 사고보고서를 수정해 달라, 이런 일이 재발되지 않도록 대책을 세워 달라, 책임을 물어달라는 요구도 지속적으로 무시, 묵살해 왔습니다.

그래서 이에 대한 부당함을 호소하며 감사원에 감사를 청구하게 되었습니다. 감사청구의 내용은,

1. 사고보고서를 바로 잡고, 오류가 발생한 경위를 파악하고, 부당 행위가 있었다면 책임을 물어 달라.
2. 사고 당일 부실한 행사 진행과 보리의 참가를 다 알고 있어 교사도 이 내용으로 진술하고 교장도 서명하였고, 사고 장소까지 교사가 태우고 갔으면서도 애초에 참가대상자가 아닌 보리를 부모가 임의로 참가시켰다고 주장하는 것에 대해 사실관계를 조사해 달라는 것이었습니다.

932분의 서명을 받아 7월에 감사원에 제출했고 감사 실시 여부를 기다리고 있습니다. 감사원에 감사청구를 할 수 있다는 사실을 미리 알았다면 벌써 했을 텐데 뒤늦게 알게 되었습니다.

지난주에 저희에게 반가운 소식이 하나 있었습니다. 작년 3월부터 변호사 한 분의 도움을 받아 경북교육청을 상대로 민사소송을 진행하고 있었습니다. 일반적인 법 상식으로 볼 때 하나의 사건에 두 번 보

상을 하지 않는 것이 당연합니다. 여러 명의 변호사에게 문의한 결과 우리의 상황이 안타깝지만 이미 교통사고로 처리가 끝났으므로 민사 소송 자체가 성립되지 않아 재판부에서 기각할 가능성이 아주 높다고 했습니다. 소송비용만 낭비하게 될 거라고 했습니다.

그런데 마지막이라고 생각하며 연락한 변호사가 학교와 교육당국 의 행위가 너무 괘씸하고 교통사고로 처리가 되었다 하더라도 학교의 책임은 남아있다고 볼 수도 있다고 했습니다.

교육부, 학교안전공제회, 경북교육청 등 관련 관청에 다방면으로 재발방지를 위해 노력해 줄 것을 요청하였으나 학교안전사고가 아니 라는 이유로 교육관계기관에 요청할 사안이 아니라는 답변으로 일관 해 왔습니다. 지푸라기라도 잡는 심정으로 1년 6개월을 끌어온 소송 의 판결이 지난주에 있었고 다행스럽게도 일부나마 승소하였습니다. 그래서 경북교육청의 책임을 인정받았습니다. 가해자의 관리 감독의 권한이 있는 경북교육감에게 책임이 있음을 인정한 것이 주된 골자이 긴 하지만 여하튼 학교와 교육청의 책임을 인정한 첫 번째 결정이므로 저희에게는 정말 중요한 전환점입니다.

앞으로도 직장생활하면서라도 아이들이 안전하게 학교생활을 하 고 자라날 수 있도록 제가 할 수 있는 일들을 해 나가려고 합니다. 이 번에 짧지 않은 기다림 끝에 인정을 받았으니 서두르지 않고 천천히 해 갈 겁니다.

보리가 나에게 무엇이었나, 하루하루 허투루 살아서는 안 되겠다 이런 생각 많이 합니다. 보리의 몸은 떠났지만 마루로 다시 태어났고 방방곡곡 집집마다 자라고 있는 또 다른 보리들로 다시 태어나 자라나고 있다 생각합니다.

어린 나이에 떠나는 아이들은 그 가족들에게 특별한 메시지를 주기 위해서 오는 천사라고 합니다. 어떤 이들은 아이를 가슴에 묻으며 그 큰 상처로 긴 시간을 괴로움 속에서 헤어 나오지 못하기도 하지만, 보리는 우리에게 마루를 남겨주었고 빛나는 미소도 생생하게 기억하고 있습니다. 우리는 아픔 속에서도 길을 잃지 않았습니다.

혼자 힘으로 세상이 바뀌지는 않을 겁니다. 바뀌지 않아도 괜찮습니다. 진인사대천명 하는 게 죽을 때 부끄럽지 않은 길이라 생각합니다.

골짜기가 된다

〈감사보고서〉를 받고

내 안에 목소리가 들린다

거짓을 말하고 아직도 반성 않는 저들이 벌 받기를

간교히 피한 벌, 제 안에 맑은 눈이 보고 작은 귀가 듣고 있다는 걸

모른 척한다

천 개의 바람이 모여 감사원을 움직이고 거짓이 드러났지만

아무도 책임지는 이 없다

무슨 세상이 이런가, 국가는 나에게 무엇인가

감사보고서를 곱씹어 삼키려 해도 목구멍에 넘어가지를 않는다

깊은 번뇌의 독방 안에 앉아있다

보리는 누구의 큰 상처도 바라지 않았나보다

아빠나 엄마마저도 상처를 이겨내는 힘으로

더 깊고 넓어질 거라 믿었나보다

세상은 부조리하다 두려움으로 가득 차 있다

몸과 마음도 그렇다 욕심과 바람도 그렇다

나든 누구든 그런 줄 알고 일삼아 와서 눈을 떴다가 감았다가 하며
살아간다

욕심과 두려움 너머에 있는 그곳에 가 보려고

세상이, 삶이 그런 줄 알고도 그저 몸을 던져 보는 것이다

그들이나 나, 모두가 한 발 또 내딛을 곳을 더듬어 본다

보리가 이끄는 그곳

결코 친절하게 말해주지 않는

말해도 알아듣지 못하는

거대한 빙산 하나 천천히 목구멍을 훑으며 골짜기가 된다

언제 다 내려갈지는 모른다

그들을 용서할 수 없다

누구도 미워하지 않으려고 했다

사고를 내고 자리를 떴던 가해자는 초췌한 얼굴로 용서를 구했다

거짓말을 한다면 우주가 그냥 두지 않을 터

거친 손을 잡아 주었다

교사들은 장례식장에서는 조아리며 죄송하다고 했다

함께 눈물을 흘렸다

나중에는 오라고 하지도 않은 유치원생을

아버지가 데려왔다 돌보지 않아 사고가 났다고 했다

가족캠프니까 데려와도 된다 해놓고

그동안 그들의 처지를 이해하려 수없이 노력해 보았다

이제는 그만두기로 했다

나는 그들을 용서하지 않는다

용서할 수 없다

가해자를 용서했다고 생각한 건 착각이었다

용서할 수 있는 건 오직 자신 뿐

미움이 올라오면 보리를 생각하겠다

그건 늘 하는 일

오직 그들을 미워하고 자학한 날들을 용서하고

앞으로도 그럴 나를 용서한다

용서하지 못할 나를 용서한다

두려움 많고, 실수 많고, 비겁하고 부족한 인간이다

그 날을 함께했던 교사들에게

시간이 흘렀습니다. 허나 우리 모두는 기억하고 있습니다. 보리가 얼마나 사랑으로 가득 차고도 흘러넘치는 아이였는지, 보고만 있어도 웃음을 머금게 하는 아이였는지, 지키지 못한 것이 얼마나 뼈아픈 일인지….

그리고 우리는 모두 알고 있습니다. 누구의 잘못이었는지, 그리고 우리가 어떤 선택과 행동을 했었는지도. 보리가 캠프에 참가한다는 걸 알고 있었어요.

교장, 교무부장, 진인사 담임, 대천명 담임, 그리고 다른 반 교사, 유치원 교사까지 모두…. 보리와 친하지 않고 욕 잘하기로 소문나고 아이들에게 가장 관심이 없을 법한 교사마저 보리가 캠프에 참가한다는 걸 알고 있었다고 진술할 만큼. 유치원 선생은 그 캠프와 무관한데도 보리가 캠프에 참가한다는 것과 대천명이 데리러 갔을 때 캠프로 간다는 걸 알았을 만큼, 내가 첫 단추를 잘못 끼우길 바라는 여러분의 간절함에 응답한 탓으로, 가엾게도 여러분은 거짓말의 쓸쓸한 유혹에 빠지게 되었지요.

관짝에 막힌 보리의 마지막 행로가 왜 학교로 향하지 않기를 바랐는지 그때는 몰랐지요.

모든 잘못은 나에게 있었어요. 아이들이 놀고 있는 주차장을 화난 투우처럼 달려가는 검정색 싼타페로 보리가 달려들 때, 놀란 그 어린 것이 당해낼 양의 수십 배 극한 두려움으로 눈도 깜짝하지 못할 때 보리를 지척에 두고도 그다지 볼 것도 없이 내리는 비를 보고 있었거든요. 그 한심한 운전사가 보리를 그렇게 유린할 때 모든 죄와 모든 벌은 다 내 몫이었어요. 나눠 줄 여유가 한 치도 없을 만큼 전적으로 나의 차지였지요.

좋은 아버지가 되고 싶었지만 결정적인 순간에 가장 무능하고 무책임하고 속죄 불능의 아버지가 되는 길을 선택했어요.

그 만큼 나는 기도가 절실한 사람이었어요. 아이를 가족과 생이별로 내몬 죄인은 오직 나 하나로 족했는데, 여러분은 단지 보리가 캠프에 참가하기로 되어있었다는 것만, 그 민들레 씨앗만한 진실 하나 날려 보내면 되는 것을 그 씨앗 하나에 다칠세라 거짓을 말함으로 인해 무거운 짐에 짓눌려 살 밖에 도리가 없게 되었지요.

이제 우리는 이렇게 다시 만났습니다. 그것이 우리 각자에게 무슨 의미였던가요? 보리를 이 곳으로 너무 일찍 보내기 전에 다른 선택을 할 수 있었어요.

그리고 보리를 보내고 나서는 여러 번 더 나은 선택을 할 기회로부터 온갖 시답지 않은 구실을 대며 도망쳤습니다. 우리 모두 그 일로 오랜 시간 고통 받았고 자신에게 무감각해져야 했으나 더 칼끝같이 날카

로워졌으며, 죽음 앞에 속죄했으나 이미 너무 먼 길을 와 무디어 있었습니다.

감정이란 죽음 이후에도 아주 사라지는 것은 아니어서 이제는 오래전 일이지만 서로 마주보고 각자의 배역을 제대로 해냈다고 악수하고 등 두드리며 축하해 줄 분위기는 못되는군요.

혹시 모르겠어요. 보리나 보리 엄마가 이 자리에 와서 웃어준다면 또 모를까.

보리가 초대받은 학생이란 당연한 사실을 알게 하기 위해 갖은 노력을 할 때 여러분은 오는 줄도 몰랐고 아버지가 마음대로 데려왔다고 등때기에 칼을 꽂았지요.

감사원이 학교의 주장을 신뢰할 수 없다고 했음에도 경북교육청은 학교의 주장을 받아들였지요. 그렇게 해서 지켜낸 목구멍들, 교감, 교장자리, 연금, 돌집까지 안녕했나요?

이제 어떠한가요? 다시 그때로 돌아가면 우린 어떤 모습으로 만나게 될까요?

아, 그렇군요. 나는 한때 보리 아빠였고 여러분은 한때 선생이었지요. 여러분은 그런 배역이었죠. 원래 그런 존재는 아니었지요. 아직도 내가 너무 깊이 빠진 나머지 나는 누구고 여기가 어딘지 잠시 잊었군요. 더 오랜 숙고와 성찰이 필요하군요.

우리가 내린 선택을 책임지는데 필요하다면, 미뤄둔 고통과 참회의 눈물을 주고받을 때가 오면 또 만나겠지요.

알아보지 못할지라도 그때는 서로를 축복하기를….

〈2부〉 보리, 보내다 **219**

기도

보리가 더 이상 고통과 두려움이 없는 곳에 살게 하소서

다시는 부주의한 아빠 만나지 않게 하소서

다시는 아이의 손을 놓지 않고, 아이를 곁에 두고 딴 생각에 빠지지 않는 어버이 되게 하소서

자신이 잡은 운전대가 삶과 죽음을 결정짓는 운전대임을 잊지 않게 하소서

약한 자들이 머무는 곳에서 급하게 달리지 않게 해 주소서

학교에서나 집에서 어느 곳에서도 크게 다치거나 삶이 멈추어 지는 아이 없게 하소서

누군가 희생할 수밖에 없다면 다시는 같은 이유로 절망에 빠지는 가족 없게, 사람들이 진실을 알게 하고 대비하게 하소서

거짓으로 보장된 안락을 꾀하기보다 진실을 말할 수 있는 용기를 허락 하소서

진실에 눈감지 않는 자, 어제의 거짓이라도 오늘은 말할 수 있는

용기 있는 자가 아이들의 교사가 되고 공직자가 되게 하소서

상처받은 자의 고통의 깊이를 헤아릴 수 있는 자가 또한 그들이 되게 하소서

상처받은 이가 오랫동안 남김없이 울 수 있게 해주소서

상처 입힌 자들을 함부로 용서하겠다고 말하지 않게 하시고 진실을 말할 때까지 싸우고 기다릴 수 있는 힘과 지혜와 이들을 도와줄 이웃을 주소서

모든 아이들과 부모가 바닥없는 괴로움의 나락은 없음을 알게 하시고 눈물의 소용돌이에서도 서로 지푸라기 되어 고통에서 건져지게 하소서

그들 모두 고통을 딛고 올라서게 하소서

사람으로 태어난 모든 이들이 죽음을 기억하게 하소서

가족과 이웃과 친구와 함께 하는 순간이 이토록 소중한지 알게 하소서

머리 보다 가슴으로 대하게 하소서

그리하여 갑작스러운 죽음으로 해주지 못한 것에 대해 몸부림치며 후회하지 않게 하소서

죽음이 더 이상 끝은 아님을 알게 하소서

볼 수 없고 만질 수 없는 곳에 가 있어도 느낄 수 있게 해주소서

느낄 수 없어도 어딘가에 존재함을 믿게 하소서

이별이 이별로, 그리움이 그리움으로, 슬픔이 슬픔으로, 서러움이 서러움으로, 분노가 분노로, 죄스러움이 죄스러움으로, 고통의 몸부림이 단지 몸부림으로 끝나지 않고 그 무엇과도 바꿀 수 없는 거름이 되어감을 알게 하소서

그리하여 희생의 아름다움이 헛되지 않게 하소서

앞서간 이가 주고 간 모든 선물을 남김없이 받도록 하소서

그리하여 남아있는 자들이 서로에게 더욱 감사하고 사랑하게 하소서

그리하여 앞서간 이가 빛이 되게 하소서

그리하여 남아있는 자가 서로가 서로에게 빛이 되도록 하소서

사랑, 있는 그대로

보리의 사고는 가해자나 나의 부주의함 때문이었다. 둘 중 하나라도 지금 이 순간에 깨어있었다면 사고를 피할 수 있었을 것이다. 부주의는 어디에서 오는가. 왜 분노하고 자책하며, 눈치보고, 지난날에 매이고, 오지 않는 것을 걱정하며 지금을 보지 못할까.

텔레비전에서 쓰레기로 가득 찬 거대한 창고를 본 적이 있다. 쓰레기 썩은 물이 흘러 나와 악취가 나에게까지 느껴지는 듯 했다.

커피향이 그윽한 카페가 되어 방문객들이 다정한 눈빛으로 얘기를 나누고, 글을 쓰고, 쉬기 위해 모여드는 창고에 가 본 적이 있다. 쓰레기를 그대로 둔 채 그런 카페가 될 수는 없다. 내 마음 안에서도 썩은 물이 흘러나오고 있었다. 자책, 수치심, 자기부정 같은….

살을 벗고 보리와 마주할 때 나는 보리를 향해 제일 먼저 무슨 말을 하게 될까. 무엇으로 잘하고 왔다고 떳떳하게 말할 수 있을까. 보리가 나에게 주고 간 첫 번째 숙제는, 보리는 가고 나는 왜 남겨졌는가에 답하는 것이었다. 점점 더 부끄러웠다. 보리에게 가는 길, 첫 번째 정거장은 보리에게 줄 사랑을 남은 가족과 나누는 것이었다. 보리를 지키지 못한 참회로서도 가족을 더 사랑해야 했다. 한데 날이 갈수록 늘 화낼 준비가 되어있는 자신을 지켜보아야 했다. 보면서도 달라지는 건 없었다. 마음 깊은 곳에서 고름이 자꾸만 나왔다.

보리를 만나러 가는 길은 곧 나의 상처, 나의 고통을 마주하는 일이었다. 상처를 인정하고 나를 온전히 사랑하는 수밖에 없었다. 나를 있는 그대로 보지 않으면서 가족을 있는 그대로 본다는 것은 불가능했다. 나를 끊임없이 판단하면서 가족을 판단하지 않을 도리는 없었다. 자신에게 화가 나있으니 가족에게 화를 내지 않을 재간이 없었다.

부모 경력 20년은 나를 온전히 사랑하지 않으면서 아이들을 아무리 사랑하려고 노력해도 뜻대로 되지 않는다는 걸 확인하는 과정이었다. 좋은 아빠가 되겠다고 수없이 다짐했다. 그것은 좋은 아빠의 모습에 미달하는 나를 벌주는 다짐이었다. 진짜 좋은 아빠는 다짐을 내려놓고 나에게 좋은 내가 되는 것이었다.

나를 사랑한다는 것은 내가 좀 더 나은 사람이 되거나 달라지기를 바라서가 아니라 부족한대로 잘못한대로, 존재 자체를 받아들이는 것이었다.

왜 지금 이 순간을 살지 못하는가? 왜 부주의한가? 상처가 치유해 달라고 아우성이니, 자책과 불안에서 시작된 오랜 후회와 걱정이 습관이 되어버렸으니…. 무딘 나는, 하여 그 사고와 같은 극단적인 생생함을 체험하고 말았다.

체험의 깊이, 고통의 깊이가 삶의 깊이로 이어지기를. 이해가 넓어
지고 지혜가 커지며 척박한 내 가슴에 연민이 자라기를….

보리의 죽음은 보이지 않아도 사랑이 가능하다는 걸 알려주었다.
사랑은 계속된다는 걸.

3부

다만
그러하다

나는 이 모든 고통보다 남아있는 모든 아름다움을 생각한다.

– 안네 프랑크

고향집

제대하자 아버지는 나와 같이 농사짓자며 잡으셨지
도시에서 몇 년 만 살아보고 올게요
고향으로 돌아와서 부모님 모시고 살게요
고향집도 다 듣고 있었지

반월공단 염색단지 다닐 때도 나는 물들지 않았고
삼보컴퓨터 조립라인에서도 조립되지 않았어
고잔 신도시 세일즈 할 때도 정신까지 팔지는 않았는데
아뿔싸, 도시 사는 선녀한테 마음을 빼앗겨
살림을 차리고 말았던 거야

도시생활 10년 동안 넌더리가 나 놓고는
애들 핑계 대가며 보채기를 3년
참다못해 짐을 꾸려 영동 타고 줄행랑을 놓았으나

내 고향 횡성에는 못 가닿고

웬걸, 중부내륙 접어들어

터널은 왜 이리도 많은지

새도 쉬어 넘는 문경새재 고개 넘어

고집 세고 서러운 땅 문경에

가난한 살림 풀었지

문경에서 경을 치게 경사스런 소식 줄기차게 들었지

산새가 매번 새 집을 짓듯

나도 매년 식구들 데리고 새 집 찾아 짐을 쌌고

옛 식구를 보내고야 새 식구를 맞이하는

견딜 수 없이 서럽고 값진 나날 뒤에

홀연히 날아온 고향 사는 큰누님 차분하게 떨린 목소리

"간밤에 고향집에 불이 났어, 부모님은 무사하셔, 그러니까 너무 걱정은 말어"

며칠 밤을 자는 둥 마는 둥 밤낮을 달려 찾아간

고향집 앞에서 눈만 끔뻑끔뻑

겉은 멀쩡한데 속은 새까맣게 타버렸네

나의 살던 고향 집도 상처투성이 껍데기만 남기고 떠나버렸네

또다시 간다는 말도 없이

냇내가 전해주는 유언은

20년을 기다리다 안 오기에 속이 다 탔다고
이제는 오지 말란다
이제 내가 돌아갈 곳은
딱 한 군데

그저 감사하기

살아있음에 감사한다
내 몸, 눈물 많고 여린 아내, 까치 같은 아이들
단지 살아있음에 감사한다
보리가 더 이상 살아있지 않은 뒤에야 알았다

살아있지 않음은 무엇으로 감사하나
잠시 함께 살았다는 것
그리움의 영토에서 만날 수 있다는 것

모든 것에 감사하려면
보이는 것 말고
더 볼 수 있어야겠다

모든 것에 감사하려면
이제는
그저 이유 없이 감사하는 법을 배워야한다

뒷걸음질

지금까지는
뒤돌아서서
지난날 앞에 두고
뒤로 걸어왔다

눈앞에는 길이 없다
길은 오직 뒤꿈치부터 시작된다
앞을 모른다

걸을수록 멀어지는 풍경
아스라이 그립다

이제는 돌아서서
앞을 보고 걸어볼까

시를 쓴다는 건

아들이 처음 두 발로 서서 나를 볼 때
그 자랑스러움을 기억하는 걸 거야

아들을 먼저 보내도
기꺼이 나를 용서하고
아들 몫까지 가보는 걸 거야

바람에 뒤집히는 나뭇잎
고즈넉한 달빛
지나가는 자전거 따르릉 소리
아내의 잔소리
아들과의 추억
모두를 선물로 받는 걸 거야

아주 작게 속삭이는 소리를
받아 적어보는 걸 거야
그들이 왜 나에게 왔는지
왜 떠나가는지
천천히 되새김질하는 걸 거야

업보

나와 아내, 보리와 형아들 그리고 가해자들 업보가
씨줄과 날줄로 촘촘히 그물을 짜서
빠져나갈 수 없는 것이었다면
이미 알고도 우리 모두 그물 속으로 헤엄쳐 들어갔다면

나로 인해 이런 괴로움 참아낸 이여
고통을 나눈 가족이여
그것은 이다지도 깊은 것이었나요

미안합니다 어리석었습니다
몸에 수분이 탈수되고 다시 젖기를 골백번 되어
풀린다면 그리 해야지요

나로 인하여는 그 누구도 그리하지 않아도 되게끔
하느님은 보리를 꽁꽁 숨겨 놓았으므로

그 뜻에 따라 그 누구도 원망하지 아니하겠습니다
자신이 자신을 책망하는 일까지는 어찌하지 못하더라도

이제 가슴에 묻고
그 힘으로
가족 아픔 함께하고
애꿎게 자식 잃고 고통 받는 이 없기를
기도하고 기도하겠습니다
누구에게도 감당 못 할 고통 안기지 않겠습니다

오늘

너와 즐겁게 노는 꿈을 꾸었어

네가 살지 못한 오늘

내가 대신 살고 있는 오늘

허투로 살고 있지 않나

먹는 거

형아들과 엄마를 대하는 거

사람들 만나는 거며

바람 한 결, 비 한줄기, 햇살 한 자락, 물 한 모금

시 한 줄 대할 때도

하긴

시 아닌 게 어딨겠어

밖에는 고막을 두드리듯

비가 내리네

그날처럼

참새

지각이다 조회시간에 늦겠다

개구쟁이 참새가 차보다 빠르다고 생각했는지 달려들었다

브레이크를 밟았지만 늦은 것 같다

혹시나 하고 점심시간에 가 보니

아스팔트 위에 참새 한 마리가 붙어 있다

벌써 여러 번 차가 밟고 지나갔다

작은 참새치고는 피가 꽤 흘렀다

바람이 불 때마다 깃털이 하늘거린다

내가 그렇게 만든 거겠지

타고 넘어가지만 않았어도

어제까지 살아서 폴락폴락 신나게 날아다니고

엄마 아빠, 형제와 행복하던 참새

오늘은 나 때문에

그 모든 것으로부터 이별했다

죽음이란 그런 것이다

눈물이 난다

그가 내 아들을 보낸 것과 똑같이

내가 어느 참새의 아들을 보냈다

슬프고 고통스럽다

백번도 더 그렇다

그도 그럴까

엄마 잘 부탁해

떠나가던 날, 백팔 번 참회하다 들었다

나는 편안한 곳에 있어

엄마 잘 부탁해

오늘 아침, 아내가 말했다

절할 때 이불 위에서 좀 하지 마, 땀나잖아

나는 땀 잘 안 흘리는데…

쉰내가 나는데 뭘

빨면 되지 뭐 그런 걸 가지고 아침부터

출근길에야 생각났다

엄마 잘 부탁해

11월 11일, 11시 11분

그리움, 그리 나쁜 게 아니었다
기다림, 길어도 되는 거였다

마음에다 집을 지어
매일 아침 초대했다
어느 날, 찌잉하고 찾아왔다
그리고 자주 찾아왔다
생각지 않을 때도 지금 곁에 있다고 알려주었다
11월 11일, 11시 11분
나, 혼자도 아니고 둘도 아니다

기다림,
마냥 길어도
지금은 그리 긴 게 아니다

그리움,

괜찮다

지금은

사랑,

죽음보다 길다

내가 너의 죽음을 막아주지 못했지만

너는 나의 죽음을 막아 주었다

그리하여 더 이상은 누구도 정말로 죽지는 않는다

구름

하늘 가득 먹구름
장맛비 지나가니
구름 사이로 하늘이 숨을 쉰다

구름이 모였다 흩어지듯
인생은 그런 거야
네가 크면 말해줄 수 있는
아빠 되고 싶었는데

구름 흩어지듯
이젠 눈과 귀도 흩어졌겠구나
네가 먼저 빗방울 되었으니
본 걸 말해주렴

구름 사이 나지막한 속삭임
너였구나
귀, 소용없구나

뽀로로 욕실화

자다 깨 오줌 누고 올 때도
한결같았지
손에 무얼 들고 있어도
어김없었지

신기 좋게 돌려놓아
가지런한 네 신발
자그마한 뽀로로 욕실화

네가 가고 한동안
주인 잃고 갈 곳 몰라
구석구석 헤매 다녔지

욕실을 나올 때마다
욕실화 매만지는 내 곁에
언제나 너는 내 곁에

청모자

먼지 흩어질까
조심스레
옷상자 뚜껑을 열었다
아내가 집어 든
사진 속 동그란 청모자
한참을 보다가

여보, 이 모자 어떻게 할까
눈물
남아있지 않은 줄 알았는데
지난밤 뒤로는

한동안 말이 없다

막내 크면 씌우지 뭐

또 한동안 말이 없다

나를 사랑하지 않은 나에게

누군가가 늘 나를 보고 있다는 생각, 나를 좋게 봐주기를 바라는 생각을 떨칠 수가 없었다. 사람들의 눈 밖에 나고 싶지 않았다. 나를 본격적으로 미워하기 시작한 건 1990년 7월 21일 토요일, 여름방학을 하던 그날부터였다. 비참하고 서럽고 아픈 날이었기에 큰 사랑이 필요한 날, 안타깝게도 나도 나를 버렸다. 삶 전체를 송두리째 뒤흔드는 상처는 그렇다.

시골 중학교를 졸업하고 친구들 대부분 가까운 원주로 갔지만 나는 춘천으로 입학 원서를 냈다. 한 학기만 혼자 다니면 군 제대 후 복학하는 형과 함께 생활할 수 있기 때문이었다. 고등학교 1학년 인데 키 157cm, 몸무게는 43kg. 작은 키에 비쩍 마르고 변성기도 안 지난 가느다란 목소리에 늘 자신이 없었고 더듬기까지 했다. 의기소침해 어깨를 움츠리고 땅을 보며 걸어 다녔다. 어려서부터 툭하면 울어 형들한테 놀림을 당하고 혼도 많이 났다. 혼나며 울음을 삼킬 때의 그 무거워진 목젖의 느낌이 너무나 싫었다. 초등학교 시절 가장 듣기 싫었던 말이 '뚝 그쳐! 안 그쳐?'였다. 울음을 참아 목에 통나무가 걸려있는 것 같은 그 느낌이 정말 싫었다. 그래서 내 목에는 늘 울음이 걸려 있었다.

맹수들은 본능적으로 무리에서 가장 약한 먹잇감을 찾아내 공격한다. 여름 방학 날 소위 '짱'이 불렀다. (보리도 여름방학 날 보냈다!) 나에게 재수 없다며 손수건을 몇 번 감아쥐더니 몸을 날려 내 가슴에 주먹을 박아 넣었다. 나는 반대편 책상으로 고꾸라져 한참동안 숨을 쉬지 못했다. 왜 맞았는지 알지 못했다. 가뜩이나 작은 덩치에 늘 졸아 있었으니 손쉬운 사냥감이었던 것이다. 맞아도 아무런 저항도 못하리라고 생각했기 때문이었을 것이다. 무리에 힘을 과시하고 싶었을 것이다. 그렇게 먹잇감이 되었다.

놀리기 좋아하는 아이들이 나를 '삐리조', '조삐리'라고 불렀다. 듣기 싫다고 해도 내 기분은 전혀 아랑곳하지 않았다. 왕따였다. 그 패거리들 중에서 그나마 덜 놀리는 아이와 눈이 마주쳐 눈웃음을 지었을 때 돌아온 말은 "웃지 마, 재수 없어"였다. 그 말투와 표정이 30년이 지난 지금도 생각난다. 왕따를 당하는 아이에게도 문제가 있다는 말을 들으면 요즘도 피가 거꾸로 솟으려 한다. 2학기에는 다른 녀석에게도 폭행을 당했다. 하루하루가 힘겨운 나날이었다.

매일 새벽부터 늦은 밤까지 쉬는 날도 없이 농사일을 해야 자식들을 가르치고 빚을 갚을 수 있는 산골 농부였던 부모님께는 웬만하면

"잘 지내요. 괜찮아요."라고 했다. 전혀 웬만하지도 괜찮지 않은데도.

가슴에는 시퍼런 주먹 자국이 방학이 끝날 때까지 남아 있었다. 방학 내 멍이 사라지지 않아 무더위에 땀 흘려 농사일을 돕고도 부모님 앞에서 웃통 벗고 등목 한 번 시원하게 하지 못했다. 방학이 끝나갈 무렵, 학교에 다시는 가고 싶지 않았으나 부모님께는 아무 말도 하지 않았다. 부모님의 착하고 대견한 막내아들이었으므로. 20대 중반까지도 가슴을 펴면 찌걱거리는 소리와 함께 뜨끔뜨끔 통증이 아렸다. 무술을 배워 그 고통과 수모를 녀석들에게 몇 배로 갚아주는 상상 폭행은 30대 중반까지 계속되었다.

마음속으로 그때로 돌아가 나를 위로하고 안아주며 눈물을 쏟고 가해자를 용서하는 기도를 한 뒤에야 그 생각이 떠오르지 않았지만 상처는 쉽게 아물지 않았다. 몇 번 토해낸 울분으로 치유될 상처가 아니었다.

사람들과 어울리는 게 쉽지 않았다. 말을 하려고 하면 숨이 막히고 머리가 백지가 되거나 엉뚱한 말이 나오기도 했다. 불편해 지는 게 싫어서 쉽게 마음을 열지 않았다. 중요한 발표자리에서 한 사람의 무시하는 시선이 느껴져 완전히 망친 기억도 있다. 그런 기억은 차곡차곡 쌓여갔다. 늘 나를 향한 비난과 자책의 목소리와 싸워야 했다.

가장 고통스러웠던 것은 그런 부당한 폭력에 아무런 저항도 하지 못한 무기력하고 용기 없는 자가 하필 나였다는 사실이었다. 끊임없이 왜 그렇게 밖에 하지 못했을까, 왜 맞고만 있었을까, 왜 가해자가 오라고 할 때 고분고분 그 앞에 서서 날아오는 주먹을 맞고만 있었을까, 왜 도와달라고 하지 않았을까하는 자책감이었다. 마치 전기 자극을 가해도 달아날 데가 없는 개들에게 달아날 곳을 만들어주고 전기 자극을 가해도 도망가지 못하고 고스란히 고통을 참아내던 실험실의 그 개들처럼 나는 출구를 찾지 않고 무력하게 주저앉아 있었던 것이다. 비 오는 날의 자신을 그리라고 했을 때 나는 빗물에 흠뻑 젖는 나를 그렸다.

내가 그렇게 무기력했던 건 부모, 형제, 교사, 어른들로부터 받아왔던 억압으로 지나치게 '착한 아이'가 되어있었기 때문이겠지만 나에게서 정이 떨어진 건 그 사건이 결정적이었다. 폭력과 학대가 트라우마가 되는 것은 책임을 자신에게 지우기 때문이다. 그래서 벗어나기 힘든 것이다.

군을 제대하고 복싱체육관에 다녀 스파링을 하고 대회에도 나가게 되면서 더 이상 폭력이 두렵지 않은데도 강압적인 상황이 되면 안절부절 하지 못했다. 어린 시절의 왕따나 폭력이 뇌의 구조마저 바꿔놓는다는 말을 실감하면서 살았다.

결국 모든 걸 인정할 수밖에 없었다. 나는 나를 사랑하지 않았다. 나를 사랑하기에는 너무 작고 한심하고 답답한 삐리조였던 것이다. 조금 어두운 시선으로 보자면 그간의 삶은 한심, 답답, 찌질을 확인하는 긴 여정이었다고도 할 수 있다. 그리고 그 절정에 보리의 사고가 있었다. 해묵은 자기혐오에 씻을 수 없는 죄책감 하나를 더함으로써 거의 완성에 이르게 된 것이다. 서서히 자살해온 과정이라 할 수 있다.

1990년 여름방학 날에 주먹만 한 구멍이 가슴에 뚫렸고 2015년 여름 방학 날에는 보리만한 구멍이 나버린 것이다.

암흑 속에서만 살았던 것은 아니다. 즐거운 기억도, 행복한 날도 많았다. 부정과 긍정 사이를 오락가락 하긴 하지만 나도 모르게 어느새 추가 부정 쪽으로 삐딱하게 기울어져 있는 것이다.

아무렇지도 않게 때로는 웃고 때로는 자책하고, 때로는 감사하고 때로는 비난하고 또 화해하며 사는 게 자연스러운 건 줄 알았다. 오르락내리락 하는 게 인생이니까. 그런데 바라는 모습과는 점점 거리가 멀어지고 있는 듯했다. 고요와 지혜, 기쁨과 여유가 늘어나고 있나? 더 나은 사람이 되어가고 있나? 중요하게 생각했던 아내와 아이들과의 관계, 주변 사람들과의 관계는? 미래의 거울 속에는 늙고 병들어가며 점점 삶에 찌들어 옹색해져가는 노인이 나를 보고 있을 것 같았다. 내 영혼은 성장하고 있는가?

나 자신과의 관계에 대해서는 진지하게 생각해 본 적이 거의 없다는 걸 직장에서 또 한 번의 실패를 겪으며 알게 되었다. 보리의 죽음 이후, 죽음을 잊지 않으려는 자세는 늘 유익을 주지만 자동 재생되는 주문처럼 울림이 작아져 갔다. 가족들과 더 돈독한 관계가 되길 바라는데 왜 쉽지 않을까? 나와의 관계가 돈독하지 않으니까. 사랑을 퍼부어도 모자랄 아이들에게 왜 화가 날까? 나에게 화가 나있으니까. 다른 사람들을 사랑하길 소망하는데 왜 자꾸만 험담하게 되는 걸까? 나를 사랑하지 않으니까. 미워하니까.

얼마 전 그 가해 학생의 소식을 듣게 되었다. 30대에 위암에 걸려

고생하다 겨우 회복해서 아들 하나 키우며 살고 있다고 했다. 『상처받은 내면아이의 치유(존 브래드쇼)』라는 책에는 오래전 받은 폭행의 상처, 그 치유를 위해 가해자를 만나 사과를 받는 것은 치유에는 큰 도움이 되지 않는다고 했다. 가장 좋은 방법은 성인인 내가 상처받은 그 아이를 안아주고 밝은 곳으로 함께 나오는 것이라고 했다. 많은 눈물과 함께 그렇게 했다. 열일곱 살, 앳된 학생이던 나의 손을 잡고 나를 가두었던 어두운 감옥에서 걸어 나왔다.

그 후 아내와 아이들을 보면서 보리가 나에게 바란 게 결국 이거였다는 생각을 하게 되었다. 내가 되는 것. 수없이 실패를 반복하고 부족한 점이 많은, 있는 그대로의 나를 사랑하는 것. 지금까지의 모든 과정, 보리를 보내주는 길은 결국 나로 돌아오는 길이었다.

책이나 영화에서처럼 단박에 내 인생이 바뀌지는 않는다. 오랫동안 한 곳을 찌르면 굳은살이 박힌다. 굳은살은 자극을 멈춰도 바로 새살이 돋아나오지 않는다. 고통에 무디어지며 오래 견뎌왔으므로 시간이 걸리는 게 당연하다. 크게 다치면 몸에 장애가 생기기도 하는 것처럼 내 마음에 장애로 남아있을지도 모른다. 옹이처럼 끌어안고 가야할지 모른다. 그럴수록 자신을 인정해야한다.

폭력과 학대, 분노와 억압과 차별의 고통을 이해하기 위한 이번 생의 계획과 체험은 대체로 성공 중이다. 이해를 위한 과정으로서 어느 것 하나도 쉬운 건 없다. 쉽게 온 것은 쉽게 떠난다.

결국 한걸음 물러서서 보면 삶이 멋진 것은 실패라는 게 불가능하기 때문이다. 태어남, 살아냄이 곧 성공이다. 지금 이대로 성공이다.

한편, 더 나은 사람이 되겠다는 오랜 바람도 있는 그대로의 내 모습을 마주하는 게 고통스러웠기 때문이 아니었을까하는 생각에 다다른다. 있는 그대로 나를 사랑한다고 계속해서 말해줘야겠다.

아무도 없는 마당에서 혼자 눈을 쓸면서 또다시 누군가가 보고 있는 것만 같아 쓰는 자세에 신경이 쓰인다. 있는 그대로 나를 사랑한다고 말해주고 나니 보리가 웃는 모습이 떠오른다.

내 손안에

보채다 누워 잠든
아기를 보고 있다

그 안에서 영원히 잠든
형을 본다

한순간 미워하면
이미 이별한 것
이미 죽은 것

미소 담고 보면
내가 살리는 것
사랑이면 언제까지나 살아있는 것

살리고 죽이는 걸
내가 하고 있다
바로 지금

어떻게 되어가고 있나

보리 일곱 번째 생일을 맞으며

우리는 자라거나 늙는데

보리는 어떻게 되었나

하루하루 흙이 되어가겠지

그럼 보리는 어떻게 되었나

우리 몸 자라거나 늙는데

그럼 우리는 어떻게 되어가고 있나

지금은

어둠 괜찮다
밤이잖아

눈물 괜찮다
슬픔 안에 있잖아

외로워도 괜찮다
별들도 그렇잖아

헤어져도 괜찮다
언젠가는 다 그렇잖아

죽음, 괜찮다
정말 괜찮은가?

괜찮지 않아도 괜찮다
지금은

다치고 아물며

상처가 나아간다는 건
맨살로 돌아간다는 말 아니다
그 살로 살만해진다는 거다
그런대로 괜찮다는 거다
기억이 찾아와도
눈물이 흘러도

세월을 쌓아 간다는 건
괜찮다고 말할 수 있는 게 더 많아지는 거다
그래서 결국은
이제 죽어도 괜찮다고 말할 때까지

오롯이 아무는 일
누구와도 친구 되는 일
누구에게라도 부모 되는 일
다치고 아물면서 돌아가는 길

똥을 누다가

바닥이 더러워 불쾌하다 생각하면서
공중변소에 앉아 똥을 누다
보았네
그 어떤 바닥도 무언가의 꼭대기인 것을

다시 보니 모든 것이 그러하네
바다가 끝나는 곳에서 뭍이 시작되고
뿌리가 끝나는 곳에서 흙이 시작되었네

음악이 멈추는 곳에서 여운이 시작되고
쓰기를 멈추는 곳에서 쓸 것이 나오네

어둠이 짙은 그곳이 바로 새벽의 시작이어서
불의의 꼭대기에서 정의의 촛불이 켜지네

보리 사망신고 하자 마루가 태어난 것도 그러하며
내 모든 고통과 슬픔과 추함의 나락 또한
그렇지 않은 것의 꼭대기였네

하루하루 그러하네

왜 슬프지

아들 세 살 때
앙증맞은 두 손 모아
'주! 세! 요! 주세요오~' 하던 생각 자주 난다

어차피 더 이상 다시 돌아갈 수 없는 순간인데
아들이 떠나서
추억도 덩달아 슬퍼졌다.

왜 슬퍼지나
어차피 한 번씩인데….

왜 슬퍼지지?

지금 이대로

바람이 부드럽고

나비가 날아오고

햇살은 따사롭고

지금 이대로 참 좋아

아직 눈물이 흐르고

여전히 밤은 길고

그리 좋은 아빠, 좋은 남편 못되고

갈 길 멀지만

개에 물린 자리 성을 내고

머리에는 무서리가 허옇고

눈가에 골이 깊게 패이고

힘이 빠져 이제는 자꾸만 농사가 자신 없어져도,

아내에게 아직 원망이 남았고

내 업보 산더미 같지만

지금 이대로도 좋아

보살

저세상이 천국인 이유는
네가 거기 살고 있기 때문

우리 집이 천국인 이유는
네가 우리와 살았기 때문

내 마음이 천국인 이유는
네가 나를 통해 왔기 때문

내 손이 귀한 것은
너를 받아 안아 키웠고
나에게 마지막 숨을 주었기 때문

가는 곳마다 천국
만지는 것마다 고귀해지는
너는 보살

할아버지와 보리

아버지 지금쯤은 보리 만나셨겠지

왜 그리 서둘러 갔는지도 물어보셨겠지

손수 영정사진 들고

보리 놀던 방 마지막으로 돌아나갈 적에

흔치 않던 눈물 연신 훔쳐도

큰 코에 맺혔다가 후드득 방바닥에도 떨어졌지

보리 떠나기 며칠 전, 마지막인 줄 모르고 찾아간 고향집

혼자 마당에 나와 하늘 보고 지붕 보고

뒷산도 보고 뒤란에도 가보고

두리번두리번 휘휘 둘러보아

댓 살 어린 아가 참 이상도 하다 했다는 말씀

아버지 떠나기 며칠 전에서야 가슴에서 꺼내놓으셨지

그래서 보리를 할아버지 발치에 잠들게 하셨나 보다

아버지, 마음으로만 만나던 보리

이제 만나니 좋으시겠어요

보리야, 너 어여삐하시던 할아버지

만나니 좋겠다

보리, 마루

눈을 떠보니
눈앞에 보리가 있었다

통통한 귓불 같은 입술을
옴냐 옴냐하고
한쪽 팔을 베
볼이 터질 것 같은
다시 보니 마루가
밤새 내 얼굴에
숨을 불어 넣고 있었다

다시 살고 있는

마루 이름의 보리가

어쩌면 마루였다가

보리였던 마루가

보리도 마루도 아니어도

괜찮은

마루가

세 살 마루 2017. 8

우리

나는 아들이 넷

그런데 넷이 되기 스무날 전

셋이 된 후로

셋이라 해야 할지 넷이라 해야 할지 늘 헷갈린다

그 스무날 사이 셋과 넷이

하나가 되었다

넷이 셋의 몫까지 사랑받는가 보다

아니 셋이 넷의 몫까지

나도 누구와 하나 되었을까?

누구와 나누어 살고 있을까

조금씩은 모두 나누어

살고 있구나

우 - 리

모래가 솔솔

마루에게 이제는 맞을까
보리가 입던 빛바랜 바지를 꺼냈다

주머니에서 모래가 보소소
여보, 보리가 선물을 넣어놨네
그러게

뒤집은 바지에서 잠을 깬
모래가 솔솔
추억이 솔솔

보리는 벌써 갔는데
너희들은 이제 돌아가는구나

이제는 마루가 담아올
주머니를 비우며

다만 그러하다

외할아버지 온 곳으로 돌아가시고
한 달 지나 보리가 찾아왔다

함께 나눈 지 5년도 못 채운 여름방학 날,
한 번 벗으면 다시 입을 수 없는데도
아름다운 옷 벗어버리고
진짜 방학을 했다
스무 날 지나자 마루가 찾아왔다
개학 했다고

가고 오고 또 가고 오고
헤어지고 만나고 또 헤어지고 만나고

알 수 없다
인연

모른다
인생

괜찮다
괜찮지 않아도

다만 그러하다

기도한 대로

보리는
그날, 그곳에서
한 아이 먼 길 가야만 한다면
내가 되게 해 주세요
오랫동안 기도했으리라

하늘은
보리 가족이 살아낼 것과
공부 좀 하라고, 게임 좀 그만하라고, 음식 좀 흘리지 말라고
닦달 않고 살아있으므로 충분하다고
말하게 되리란 걸 알았으리라

나는

그날 거기, 어느 아비

꽃봉오리 같은 자식

작별인사도 없이 먼 길 보내야 한다면

그이, 내가 되게 해달라고

간절히 기도했으리라

숨 쉬다가

멍하니
숨
내쉬고
멈춰보고
들이쉬다
알았네

숨쉬기 전에도
숨을 다 쉬고도
내가 있다는 걸

숨 쉬기 전 나와
다 쉬고 난 나를
만질 수는 없네

보리도 그런 거였네
모두 다 그런 거였네

강 선생님께

진인사, 대천명에게 학교 다니는 동안

너희를 보며 행복해 했던 선생님은 어느 분이었니?

네가 가장 사랑받고 있다는 느낌을 받은 선생님은?

가장 기억에 남는 선생님은 어느 분이야?

물으니, 모두 선생님이래요

고맙습니다

사람은 사랑받은 느낌으로

상처를 딛고 다시 일어서는 듯 합니다

그리고 누군가에게 기억에 남는 사람

사랑을 나눠주며 행복해 하는 사람 되겠지요

다시 일어서게 하는 사람 되겠지요

귀를 대 보다

사는 게 고단한 날

그리움에 갇힌 날

마루 심장에 귀를 대 본다

잠든 몸인데 이렇게 크다

심장은 마루인데

피는 내가 돈다

코로 들어온 숨이

이 우주에 머물다가

다시 저 우주로 나간다

그리움이 문을 열고 나간다

진짜 숨

숨을 살펴보다가
진짜 숨은
멈추지 않는다는 걸 알았다
숨 쉬지 않는 게 없으니까
우주도 그저
숨을 쉴 뿐이니까

내가 쉬는 숨
내 숨 아니다
그 숨은 또
무엇으로 숨 쉴까

숨의 숨
공기의 영혼
그것은?

어느 날, 아내

여보, 나 이제 곧 죽을 것 같아

이제 죽어도 될 것 같아

이 세상 와서

내가 알아야 할 건 다 알았어

당신 많이 원망하며

살았는데

긴 시간 지나

당신이 무슨 얘기해도

그 말이 그대로 들릴 만큼

믿게 되었어

세상 일이 그런 거였어

믿는 대로 되는

그런 거

죄도 없는 보리

그렇게 일찍 갔지만

태어나 하려고 했던 거

다 하고 간 거라면

편하게 가지 않았을까

허우적대지 않을 때까지

저 위에 있을 때

사람 세상 오면

산꼭대기 외딴 마을 일곱 형제 막내로

없이 사는 집에 태어나

도시로 떠나 서울처녀 아내로 맞아

농사짓겠다고 문경 와서

이리저리 방랑하며 살다가

넷째 아들 맞이하기 직전

보리 먼저 보낼 걸 알았겠지만

그러겠다고 했겠지

그래서 너무 닦달하지 않으려고

한 번 걸어보자

세상 어떤 일에도 허우적대지 않을 때까지

사뿐사뿐 보리에게 갈 때까지

이 뭐꼬

평생을 도움 없이는 살 수 없게 된다면
차라리 죽는 게 낫다고 생각했었다

아내와 아이들은 식물인간이 되더라도
살아있는 게 낫다고 했다

오늘
이름도 없고 시간도 없고
어딘지도 모르는 거기
가본 듯 만 듯
오직 숨 쉬는 게 고맙다는 걸 알았다

살아있는 모든 것이 아름답다
꽃 피우지 않아도
싹 틔우지 않아도

그러면 모든 떠나는 것은 어떠한가

이제는 답할 때

정말로 살아있다는 것은 무엇인가

이 무엇인가?

마흔 넷, 죽음을 생각하다

마흔네 살이 가기 전에 죽음에 쉼표 정도는 찍어놓고 싶다.

강원도 두메산골, 고향에는 유난히 묘가 많았다. 양지바르고 흙이 깊고 부드러워 이웃마을에서는 초상만 나면 고향 산에 묻었다. 눈길이 머무는 어디나 묘가 있었고 읍내로 가기위해 넘어야하는 고개는 상여가 하도 넘어 이름이 숫제 '행상고개'일 정도였다. 오지였던 고향으로 오는 상여들은 상여소리와 함께 그 가파른 고개를 넘어야만 했다. 요령잡이가 요령을 흔들면서 구성지게 지르는 선소리도 좋았지만 '어허 이어허이 어허랑 차아'하며 따라붙는 후렴이 귀에 박혀 상여가 한 번 지나가고 나면 그 소리가 나도 모르게 입에 붙어 나와 재수 없다고 혼이 난 적도 많았다.

아버지는 초상집에 빠지는 법이 없었다. 당연히 어머니는 부고를 달가워하지 않았다. 항상 농사일에 바빴지만 망자가 배려를 해줄 리 없었다. 상여를 메고 받아오는 음식에 오색 사탕 '옥춘'은 빠지지 않았지만 크기, 색, 먹은 뒤 시뻘게지는 혓바닥에 질려버렸다. 먹을 만 한 건 허연 시루떡 뿐이었다. 한 번 구경이라도 할 요량으로 따라 붙으면 어린애들은 보는 거 아니라며 돼지 국밥만 한 그릇 얻어먹고 내쳐지곤 했다. 다음날은 여지없이 벌건 속살이 드러나 달덩이 같기도 하고 커다란 황소불알 같기도 한 봉분에, 떼가 듬성듬성 입혀진 산소만 덩그러니 놓여있었다. 묘는 한 해 여름이 지나고 나면 아이들 놀이터가 되었다. 할머니가 돌아가실 때까지 죽음은 무서울 것도 특별할 것도 없는 일상이었다.

청년이 된 후 가까이에서 네 번의 죽음을 지켜보았다. 할머니는 한쪽 다리가 펴지지 않고 어릴 때 바다에 빠져 한쪽 눈이 보이지 않는 불편한 몸으로 한평생을 사셨다. 돌아가시기 15년 전부터는 병을 앓아 다른 쪽 눈마저 보이지 않았다. 할머니를 통해 태어난 손자만 스물다섯. 며느리, 손자며느리, 사위, 손자사위, 그 딸 아들까지 할머니는 후손 백여 명의 이름은 물론 생일에 여러 기념일까지 모두 기억하셨다.

할머니가 돌아가셨다는 소식을 듣고 큰댁으로 달려갔다. 그 많은 할머니 후손이 모두 모였다. 온기가 다한 사람의 몸을 가까이에서 보는 건 처음이었다. 두근거리는 심장을 진정시키며 할머니께 다가갔다. 고모가 "좋은 데로 가세요"라고 하라했다. 얼떨결에 시키는 대로 하긴 했지만 별로 내키지 않았던 이 말은 나에게 오랫동안 의문으로 남았다.

상주인 백부모님과 부모님은 문상객을 맞이하면 처음에는 건성으로 '어이고어이고' 곡을 하다가도 나중에는 울음이 터져 나와 섧게 우셨다. 대성통곡을 하다가도 오랜만에 만난 친지들과 언제 그랬냐는 듯 얼마만이냐고 큰일이나 나야 이렇게 만난다고 손을 잡고 해맑게 웃으면서 정을 나누곤 했다. 한두 번도 아니고 자꾸만 그러니 나중엔 피식 웃음이 나오기도 했다. 지금 생각해보면 큰어머니랑 어머니가 감정에 가장 솔직한 때가 아니었을까 싶다.

꽃상여가 마당에 들어오던 날 아침, 다리가 불편한 이웃 아저씨가 염을 하기 시작했다. 할머니께 큰 신세를 져 손수 염을 하는 거랬다. 자주 하는 일이 아니니 땀을 뻘뻘 흘리며 허둥대기도 하고 훈수도 받아가며 불편한 몸으로 염을 했다. 대충하면 쉬울 텐데 왜 그렇게 복잡하게 격식을 따져 수십 가지 옷을 입힐까, 할머니 몸이 누런 베에 꽁꽁 동여매져 커다란 제웅처럼 보였다. 할머니 시신이 관으로 들어가고 관이 열리지 않도록 꽁꽁 묶는 것까지도 이상하리만치 담담하게 바라보았다. 관을 실은 꽃상여가 길을 떠났다. 요령잡이가 요령을 흔들며 "길 떠나자. 이제 가면 언제 오나."하고 메기니 이어 상여꾼들이 "어허이 어허랑 차"했다. 낯익은 소리인데 한없이 구슬프게 느껴져 그제야 눈물 콧물이 쉴 새 없이 후드득 떨어졌다. 할머니는 고향집 뒷산에 묻혔다. 고향에 들어온 그 많은 상여 중에 나와 직접 관련된 것은 처음이었다. 할머니는 꿈에 몇 번 다녀가셨다. 마지막 꿈에는 내 등에 업혀 계셨다. 벌써 십여 년 전인데 그 장면은 아직까지도 내 기억에 생생하게 남아있다.

그로부터 10년 뒤 두 번째 죽음과 마주했다. 셋째 아들 보리가 태어나기 한 달 전 갑자기 장인의 세상살이가 멈추어 졌다. 장인은 더 이상 쓸모가 없어진 몸을 나에게 맡겨 두고 가셨다. 당신에 대한 내 역할을 알고 계셨던 듯하다. 맏사위로서 상주 노릇 할 사람은 나밖에 없었다.

장인은 외손자들 그러니까 나의 아들 진인사, 대천명을 끔찍이 여기셨다. 당시 예닐곱 살이던 두 아들에게 갑작스런 외할아버지의 죽음을 설명하는 것은 쉬운 일이 아니었다. 우리가 몸을 가지고 있을 때는 몸이 우리 주인인 것 같지만 몸은 한때 빌려 쓰는 것이고 몸이 더 이상 쓸모없어지면 진짜 우리 주인인 영혼이 자유로워지게 된다고 말해주었다. 외할아버지는 이제 영혼이 자유로워진 거고 때가 되면 우리 모두 다 그렇게 될 거라고 했다. 그게 내가 설명할 수 있는 최선이었고 아이들이 나름대로 죽음을 알 때까지 내 말을 믿는 듯 했다. 장인의 마지막 모습이 오랫동안 문득 문득 떠올라 힘들었다.

어느 날, 그 마지막 모습이 잘 떠오르지 않게 되는 일이 닥쳤다. 장인이 돌아가시고 4년 하고 넉 달이 되었을 때 셋째 아들의 영혼이 자유로워지게 되었다. 장인에 대한 기억에 비해 아들의 사고는 너무나 큰 사건이었다. 나는 집에서 아내와 단 둘이 셋째 아들 보리의 첫 숨결을 맞이했다. 그리고 보리는 내 품에서 마지막 숨을 놓았다.

아들은 감당하기 어려운 숙제를 남겨 주었다. 형들은 동생이 의식을 잃고 응급실에 실려 간 것만 안 채 부모도 없이 낯선 곳에서 하룻밤을 보냈다. 알 만큼 알 나이가 된 아이들에게 이번에는 외할아버지가 아닌 동생의 죽음을 말해주어야 했다. 알 수 없는 이유로 영혼이 우리

보다 일찍 자유로워졌다고 말하는 것 말고 다른 어떤 적당하거나 바람직한 설명은 떠오르지 않았다. 이보다 더 가혹한 말, 가혹한 일은 세상에 없다고 생각했다. 신이 원망스러웠다. 그러나 신은 존재 해야만 했다.

장의사들은 능숙한 솜씨로 작디작은 몸을 꽁꽁 동여맸고 아담한 관속으로 아들의 몸이 들어가는 것을 지켜보았다. 아직 살아있을지도 모르고 다시 살아날지도 모르는데 저렇게 묶어놓아서야 어떻게 꼼짝이나 할까, 관에 못까지 박아대니 말도 숨도 막혔다. 장의사들을 말려야 하는데 아무도 그렇게 하지 않았다.

나는 매일 죽음에 대해 생각했다. 그것은 바탕색과 같은 것이었다. 어떤 생각이 다녀가더라도 남는 것은 그것이었다. 다른 건 몰라도 죽음만큼은 우주의 섭리에 따를 것이라는 확신을 하게 되었다. 얼마 전, 보리에게서 편지를 받았다. 잘 지내고 있다고, 걱정하지 말라고. 보리는 떠날 때까지 글씨를 잘 쓰지 못했는데 이제는 다 배웠나 보다.

그리고 1년 반 전쯤 지병으로 아버지가 돌아가셨다. 아내는 나를 보고는 가끔 깜짝깜짝 놀랄 정도로 아버지를 많이 닮았다고 한다. 아버지는 화를 무척 잘 내셨지만 생활력이 강한 분이셨다. 나는 화를 잘 참는 편이지만 그다지 현실적이지는 않다. 막내인 나를 무척 아끼셨고 막내 아들의 막내 아들이었던 보리도 마찬가지였다. 하지만 나는 끝까지 객지에서 고생하는 모습만 보여 드렸다. 아버지는 나와 농사를 짓고 싶어 하셨다. 나도 그랬다. 그러나 그러지 못했다. 한번은 휴가를 내 3박4일간 농사일을 도와드린 적이 있었다. 그 알량한 3박4일로 아버지와 나의 마음을 위로하고 싶었다.

아버지 돌아가시기 이태 전 겨울 입새였다. 아버지, 어머니가 지금의 내 나이쯤에 피땀으로 지은 집이랑 옷가지며 그 해 농삿거리, 살림살이, 자식들 사진까지 모든 것이 삽시간에 불에 새까맣게 타는 것을 지켜보셔야만 했다. 그것은 실로 충격적인 일이었을 것이다. 내게는 돌아갈 고향이 타버린 것이었다.

암으로 돌아가시기 직전 아버지는 왜 마지막에 나를 찾으셨을까. 회사 일로 아버지의 임종을 지키지 못했다. 마지막으로 병마와 싸우고 계실 때도 아버지께 용기를 드리거나 희망이나 안식이 되기보다는 오히려 죽음을 받아들이지 못해 쩔쩔매는 아버지를 안타깝게 지켜보며 본심을 숨기느라 애쓴 내가 원망스럽기도 하다.

네 번의 죽음을 겪으며 나에게는 작은 소망이 하나 생겼다. 죽음과 가까이 있는 이들을 돕고 싶다는, 그리고 쉽게 잊고 지내게 되지만 죽음이 그리 멀지 않은 곳에 있다는 걸 가끔은 함께 기억하며 살고 싶다는…

선택의 기로에 놓일 때나 고민에 빠질 때 '만약 이번이 마지막 선택이라면?'하고 물으면 답을 보여준다. 쉽게 답을 얻지 못한다면 죽음이 실감나지 않기 때문이지, 물음이 부족해서가 아니다. 죽음을 실감하면 작은 욕심은 놓여 지기 때문이다. 죽음은 무엇이 작은 일인지, 무엇이 마음을 쓸 만한 일인지 여실히 보여준다.

모든 인간은 살면서 공평하게 믿을 만한 두 스승의 도움을 받는다. 하나는 자신의 내면이고 다른 하나는 죽음이다. 빠르든 늦든 모든 인간의 몸은 소멸한다. 조심스러운 말이지만 빠르다고 해서 무조건 슬퍼하고 늦다고 해서 기뻐할 일만도 아니다. 일어날 일은 일어나고야 만다. 무엇이 정말로 좋은지 나쁜지 알기 어려운 것이 세상사다. 가을이 되기 전에 떨구어지는 잎이 얼마나 많은가. 굼벵이가 허물을 벗고 매미가 되는데 보통 7년이 걸린다지만 어쩌다 5년 만에 되었다고 해서 슬퍼할 일만도 아닐 것이다. 다만 굼벵이에게 가족이 있다면 다시 만날 수 없음 그 상실에 고통스러울 뿐이다. 그러나 실은 그 어떤 것과도 다시 만날 수는 없다. 상실의 고통마저 그렇다. 크든 작든 그것이 의미를 잃을 때까지 늘 고통은 우리의 동반자다. 어쩔 수 없이 상실과 친구가 될 수밖에 없는 것이다.

보리와 갑작스런 작별 뒤에 넷째 아들이 태어나 사랑의 의미에 좀 더 다가선 것과 같이 모든 작별은 또 다른 만남으로 이어지게 마련이다. 삶은 매순간 헤어짐과 만남으로 이루어져 있다. 만남과 헤어짐이 아니다. 헤어짐과 만남이다.

보리와 지낸 시간을 돌아보면 후회도 많고, 아쉬움도 많다. 여러모로 부족한 아빠였다. 그렇지만 당시 내 깜냥으로는 나름 최선이었다. 장인과 아버지께도 그렇다. 지금이라면 다르겠지만. 이 깨우침의 열매는 넷째 아들과 남은 가족 그리고 나의 차지다. 그렇지만 여전히 부족한 아빠, 아쉬운 남편이다. 그래도 이제는 별 후회는 없다.

한 생명이 태어나고 죽는 것을 한 결의 파도가 일어났다가 바다로 돌아가는 것과 같다고 비유한다. 얼음이 녹아 그 물이 증발되어 보이지 않는다고 해서 얼음과 물이 죽은 건 아니다. 모습만 바꾸는 것이다. 단지 말로써만 태어나고 죽는 것이 있을 뿐, 실제로 죽음은 끝이 아니고 단지 변해가는 것일 뿐이라고 한다. 아니 정말로 그러할 수밖에 없다.

갑자기 내일일지도 모른다. 나도 언젠가는 몸으로부터 자유로워지는 날이 올 것이다. 영혼은 분명 축복을 받을 것이고 쓸모없어진 몸에 대해서만 미리 신경 써두면 될 것이다. 내가 생각하는 가장 아름다운 죽음은 남겨진 이들에게 영혼의 다음 여정을 축하받는 것이다. 그리고 내 몸의 조각들이 다른 이의 삶에 보탬이 되고 나머지는 재가 되어 농사짓던 땅으로 돌아가 어느 푸나무의 거름으로 쓰이면 좋겠다. 굳이 기억되기를 바란다면 쓴 글로써 충분하리라.

아무리 미천하더라도 말과 글에 간히는 영혼은 없을 것이다. 그러나 나는 안 되는 줄 알면서 이 글에 영혼을 담고 싶다. 내일 죽어도 후회는 없다. 지금은.

나

참새 가족에게
아픔을 안기고
깨달았다
그가 나인 걸

세상 모든 곳에서
또 다른 '나'들이
살아내고 있다

가해자도 나
피해자도 나
가해자도 없고
피해자도 없다

귀가 아파

보리는 없어도
어김없이 돌아왔다
아홉 번째 생일상을 차렸다
새벽 두 시
귀가 아파, 아파! 병원, 병원!
마루 눈썹 밑이 촉촉하다

별 이상은 없는데요
응급실 나오며 배꼽인사
안녕 가세요

고맙다
아플 수 있어서

문경중앙병원에서

11년 장인어른, 15년 셋째 아들, 17년 아버지
2010년대를 그렇게 상실하고
2020년대는 아내 교통사고로 경미하게 맞이했다

목소리를 상실한 아내
차가운 손으로 내 손바닥 펼쳐
흔적 하나 남지 않는 글씨를 쓴다
'괜'은 쉬웠으나 '찮아'는 세 번 만에 알아보았는데도
답답해하지 못했다

감은 눈 사이로
빙하가 녹아내린다
잡고 있던 둑이 자꾸만 흘러내린다

작은 침상에 누워보지만 잠은

아내처럼 길을 잃었다

영화라면 좋겠다

이어지는 장면에서 주인공은

담배 한 대를 물고 어지러이 연기를 날려 보내보려나

진부하게 나선다

기다리고 있었다

빈 주차장에 새하얀 나의 모닝

겨울, 새벽

바람, 그다지 차지 않았다

나와 아내, 또 문경(聞慶)이 어루만지고 지나간다

내가 더 많이 사랑해

보리가 나에게
사랑한다는 말, 했던가
왜 기억나지 않지?

마루가 그림을 그리다가
느닷없이 나를 돌아본다
아빠 사랑해요
눈동자 안으로 나를 받아준다
아빠도 마루 사랑해
아빠, 내가 더어 많이 사랑해요
누가 한 말일까
한 걸음 더 들어가 보는데
돌아앉아 크레파스를 쥔다

비밀 1

엄마, 사랑해

마루야, 고마워

마루야, 사랑이 뭐야?

응, 그건 받으면 사랑으로 가득 차는 거지

아, 그렇구나, 그런데 마루야 가득 차는 사랑이 뭔데?

사랑으로 가득 차면 몸이 움직이는 거지

아, 그래? 그래서 사랑이 뭔데?

응, 그건 비밀

비밀은 말하는 거 아니야

그건 하느님만 아는 거야

비밀 2

엄마, 원래부터 우리 여기 살았던 거 아니잖아

다른 데서 살다가, 여기저기 이사 다니다가

여기서 살면 좋겠다고 생각해서 살게 됐잖아

이사 다녀서 힘들었어?

응

그걸 어떻게 알았어?

난 다 알아

그런데 마루야, 마루 태어나고는 쭉 이 집에서 살았는데

그걸 어떻게 알았어?

그건 비밀!

비밀은 하느님만 아는 거야

부활

엄마,

나는 다섯 살이 가장 많이 산 나이예요

얼마 전에 떡국 먹어서 일곱 살 됐는데도 그래?

네, 그냥 그래요

엄마,

나, 전에 사고 났을 때

얼마나 아프고 놀랐는지 몰라요

놀다가 갑자기 이런 말을 한다

아빠, 나 머리에 상처가 있어요

상처가 어디 있어?

내가 손으로 만져볼게요, 아빠는 눈으로 보세요

어, 어디 갔지? 이상하다

언제 난 상천데?

몰라요, 있었는데….

오래전 일이라서 다 없어졌나 봐. 갑자기 그 생각이 났어?

네. 그런데 예수님은 죽었다가 4월에 다시 오셨대요

예수님은 안 보이는 사람 눈도 뜨게 해주고 아픈 사람도 낫게 해주

었대요

진짜 좋죠?

먼지를 털다

창밖으로 이불을 턴다
기를 쓰고 팍팍 털어도
보이지 않던 먼지
뒤에 까만 차가 선 뒤로
먼지 털기 미안해졌다

나쁜 게, 정말로 나쁜지
어두운 게, 진짜로 어두운 건지
슬픈 게, 진실로 슬픈 일인지
잘 모르겠다

그렇지

생각이 나는 건
생각나서 슬프고

생각이 안 나는 건
안 나서 슬프다

생각이 나는 건
생각나서 기쁘고

생각이 안 나는 건
안 나서 다행이다

그렇다

6년 전 오늘, 정신을 차려야 했다
지난 일을 후회하고 앞날을 걱정하지 않았다
그 일 말고는

그날처럼 휴가를 냈다 어렵사리
아내와 아이들 전화 말고는 받지 않으려 했다
그나마 내가 지킬 수 있는 보리에 대한,
내 삶에 대한 예의

하필 오늘, 캠핑을 하면서 여름방학을 하다니
마루를 유치원에 데려다 주고
형들과 점촌 장에 들러 민물고기 데려다가 방생을 하고
함께 자주 갔던 매봉산에 다녀오는 동안
보리에게 허락받았다, 보리도 이해해줄 거라는 말 서너 번
농담으로 써먹다가 나중에는 시시해졌다

캠핑이 끝나가는 시간

아내와 나, 예민해져서 서로를 찌르고 찔리다가

참, 오늘은 이러는 날 아니지

당신 하고 싶은 대로 해

급한 전화도 오지 않았는데

많은 부모 중에 나와 아내만 문 안쪽 소식이 궁금해 죽을 지경

마침내 은총이 가방을 메고 선생님과 함께 나온다

맙소사, 걸어서…. 웃으면서…. 아내를 향해

당연하지 않아서

너무나 감사해서 사진을 찍었다

마루 목소리에 집중하려고 노력까지 해야 했다

좋아하던 수박을 사고 복숭아를 사고

보리처럼 때 이른 귤을 샀다

상을 차리고 저녁을 먹자고 부른다

아무도 늦지 않은 날

늦어도 오늘은 화를 내지 않는 날

6년 만에 처음으로 상에 사진을 놓지 않는다

오늘은 아무도 화를 내지 않은 날

다 괜찮은 날

실패가 없는 날

용서 받는 날

아무도 자책하지 않는 날

아무도 맞지 않고 상처 입지 않고

미워하지 않아야 하고

서로 달라도 괜찮은 날

싸움이 멈추는 날

모든 전쟁도 하루 쉬었으면 하는 날

나의 생명 수업

생명, 살아 있다는 것

갑자기 보리 몸을 땅에 묻은 후에 보리의 '생명'이 도대체 어디로 간 것인지 알아내지 못하면 살 수 없을 것 같았다. 자동차가 더 이상 달릴 수 없게 되면 운전자는 새로운 차로 바꾼다. 만약 사람도 이와 같다면 보리의 몸을 움직이던 존재, 그 에너지는 어디로 갔는가.

방생을 하면 그 공덕으로 더 오래살 수도 있다고 했다. 물고기를 방생할 때마다 꼭 보리에게도 놓아주게 했는데…. 그래서 4년하고 100일이나 산 것일까?

진정한 방생은 무엇인가? 생명을 놓아준다는 것이 무엇인가? 대체 살아있다는 건 무엇일까? 살아간다는 건 또 무엇일까? 생명은 어디에서 와서 어디로 가는가? 몸이 살아 움직이게 하는 무엇이 따로 있는가? 죽으면 '목숨을 잃었다'고 한다. 생명은 어디에 머무는가? 숨인가? 심장? 폐? 머리? 식물은? 몸이 죽으면 마음은 어떻게 되는가? 감정은? 기억은? 숨 쉬기 전이나 숨을 다 쉰 후에도 '존재' 그 자체는 사라지지 않는데 그 '존재'는 목숨과는 어떤 관계인가? 보리 유전자로 똑같이 복제를 하면 복제된 아이는 보리인가 아닌가? 씨앗은 생명인가? 세포는 생명인가? 유전자는? 바이러스는 생명체인가? 태어나고 살아가는 모든 생명은 죽임을 당하지 않으려 애쓰며 고통을 피하고 기쁨을 추구하는데 어째서 살기 위해서는 남의 목숨을 해치게 되는 걸까? 왜 자연은 먹고 먹히는 폭력적인 관계로 유지되어야 하는가? 신의 속성은 사랑이고 이 우주는 사랑으로 가득하다는데 공존, 공생은 왜 드문 것일까? 특히 인간은 다른 생명의 고통을 느낄 수 있는 연민과 감정이 있는데 어째서 다른 존재의 고통 위에서 살아가야 하는가? 생명에는 가볍고 무거운 차이가 있는가? 사람이 짐승보다 고귀한 이유는 무엇인가? 동물이 식물보다 귀한가? 위급한 상황에 놓였을 때 어떤 순서로 생명을 구해내야 하는가? 죽어도 마땅한 생명이 있고 죽으면 안되는 게 따로 있는가? 내 아이가 단지 살아있다는 것만으로 감사하는 것이 부모의 조건 없는 사랑이라면 목숨이 다해 지상에 존재하지 않는 아이는, 이제 어떻게 해야 하나? 모든 게 끝인 건가? 마음속에는 여전히 사랑하는 마음이 남아있고 볼 수 없어서 더 간절한데….

지나간 모든 것은 잊어버려야하고 현재와 미래만이 중요하다면 우리는 왜 뿌리를 찾고 역사를 배우고 전통을 계승하는가. 백 번째 나이테는 아흔 아홉 개의 나이테 위에 쌓인다. 죽은 이를 빨리 떠나보내라고 하는 것은 그가 또다시 우는 것을 봐 줄만큼 강하지 못하기 때문은 아닐까. 살아있는 것만으로 감사한 게 아니라 살다가 먼저 떠난 이에게도 감사할 수 있어야 하지 않은가.

보리는 숨 쉬고 밥 먹고 존재하는 것처럼 당연한 것들에 다시 질문을 던져왔다. 이 질문 말고 무엇이 중요하냐고….

죽음, 몸을 떠난다는 것

2015년 7월 25일, 내가 묻은 것은 보리라고 부르던 110cm의 차돌 같이 단단한 아이였으나 이제는 생기를 잃어버린 보리의 몸이었다. 굳어진 뼈와 살. 그것은 어떤 의미인가. 보리가 살아있다는 건 몸과 몸 이외의 모든 것('영혼'이라고 표현하겠다)이 함께 있을 때를 의미한 것이었다.

추억, 꿈, 웃음, 유쾌함, 슬픔, 눈물, 성냄, 안도, 온기, 믿음, 의지, 활기, 기쁨, 호기심, 감사, 창조력, 에너지, 사랑, 미소에 대한 기억, 죽음 이후에도 살아있을 감각, 생각 등 몸 이외의 모든 것은 묻히지 않았다. 처음엔 모든 것이 흙 속에 묻힌다는 생각에 괴로웠지만 내 가슴에 묻어 오히려 안심이 되었다. 영혼이 몸에 머물 수 없게 되어 보리는 그 몸을 떠났다. 보리를 보리답게 하던 그 존재는 어디로 갔을까. 어디에 앉아 쉬고 있을까. 내 가슴에 덮여 있는 보리가 그 보리일까.

내 안의 생명

어쨌든 보리를 만나기위해서 내가 할 수 있는 것은 보리를 잊지 않고, 마음을 고요히 하고 내 안으로 들어가는 것이었다. 보리를 만나려면 피부 안쪽의 나를 통하는 방법 밖에 없었다. 보리를 내 안에 묻었으니. 그리고 밖은 너무 넓다.

보리와 나는 거의 모든 것을 나눠가진 생명체, 인간이었고 가족이었다. 보리의 생명을 알기위한 유일하게 가능한 방법은 내 안에 숨 쉬는 생명을 아는 것이었다. 숨을 늘 쉬어도 공기를 잊는 것처럼 늘 살아있지만 살아있다는 게 뭔지 모르고 산다. 언제 살아있는 게 좋은가? 나는 언제 살아있다고 느끼나?

눈물을 흘릴 때, 볼을 타고 흘러내릴 때, 땀이 흐르는 걸 알아차릴 때, 책이나 영화나 음악이 벅차게 감동스러울 때, 아이를 대견하게 바라보거나 그윽한 눈빛으로 바라보는 자신을 알아차릴 때, 마주친 눈빛에서 애정과 안심이 느껴질 때, '이게 사랑이구나! 우정이구나!' 할 때, 사랑하는 사람들과 맛있는 음식을 먹을 때, 이렇게 행복한 순간도 있구나! 할 때, 고향에서 편안함을 느낄 때, 내가 누군가에게 보탬이 되었을 때, 마음속에서 솟아난 질문의 해답을 찾을 때, 뿌듯할 때, 생각이 순할 때, 감정에서 자유로울 때, 성공할 때, 누군가와 웃을 때, 혼자 미소 지을 때, 누군가와 마음이 맞을 때, 아내의 몸이 나와 딱 들어맞는다고 느껴질 때, 글을 쓸 때, 내가 쓴 글에 만족스러워서 자꾸만 다시 읽어보게 될 때, 기도할 때나 일상 중에도 갑자기 감사의 마음이 올라올 때, 명상하며 몸에 전율이 올 때, 내가 존재함이 느껴질 때, 맨발로 낙엽 덮인 산길을 걸을 때, 좋은 사람들과 걸을 때, 새잎이 돋아나는 걸 볼 때, 돌 틈이나 아스팔트 틈에서 피어난 꽃을 볼 때, 예쁜 꽃이나 나무, 화초를 볼 때, 졸졸졸 물소리·폭포소리를 들을 때, 노을이 아름다운 하늘을 바라볼 때, 산등성이에 불어오는 산들바람을 맞을 때, 장대같이 쏟아지는 빗소리를 들을 때, 폭풍우를 지켜볼 때, 눈 덮인 풍경을 바라볼 때 등등등….

살아있다는 건 감각을 알아차리거나 조화로운 마음 상태였다. 결국 살아있음은 몸과 마음에 사랑이 피어날 때, 생명은 곧 사랑인가 보다. 사랑이 따로 따로 나누어지기도 하고 전체로 넓어지기도 하는 것처럼 생명도 그런 것이다. 그중에 보리가 있고 내가 있다.

보리에게 배운 것

사람들은 아직 생명을 정의하지 못 한다
볼 수 없고, 말할 수 없는 게 많기 때문
죽음으로 생명이 끝나는 게 아님을 사람들도 알기 때문
사랑이 생명을 낳고 생명이 사랑을 낳는 것도 알기 때문
아이의 눈을 볼 때, 실은 동공을 보는 게 아니기 때문
죽어도 사랑은 죽지 않기 때문이다
죽어도 생명은 죽지 않기 때문이다

보리에게 감사나 사랑의 느낌을 가지면 보리는 마음을 편안하게 해 주고 어떤 느낌을 주고 간다. 품었던 질문에 대한 답을 우연히 펼쳐 든 책이나 영상에서 만날 때 보리에게 고마움을 느낀다. 나로 돌아오

는 긴 여정에 있었다는 것도 보리가 알려주었다.

보리로부터 나는 믿게 되었다. 몸은 체험을 생생하게 해준다. 사랑을 넓고 깊게 해준다. 몸에서 자유로워진 보리의 영혼은 시간과 공간에 자유롭다. 보리는 몸에 있을 때보다 훨씬 넓은 존재가 되었고, 죽음 이후의 삶을 살고 있다. 내가 어떻게 살고 있는지, 보리를 떠올리며 슬퍼하는지, 감사하거나 사랑을 느끼는지 알고 있다. 보리는 내 안에도 있다. 나라고 생각하는 존재 안에는 내가 모르는 부분이 훨씬 더 많다. 죽음은 우연히 일어나지 않는다. 영혼은 죽음의 시기를 선택한다. '때가 되어서 갈 수 밖에 없었어'라고 보리가 내 왼손을 통해 알려준 말을 믿는다. 이 믿음들은 위안을 준다.

결국 생명, 살아있다는 것은 어딘가에 존재한다는 것이고 여전히 존재하는 보리를 사랑하지 않을 이유는 없다. 보리에게 머물던 생명이란 보이기도 하고 그렇지 않은 것이기도 했다. 지금은 나를 사랑하는 일이 보리를 사랑하는 일이다.

나는 세상에 드러난 것만 믿지는 않는다. 나는 삶에서 영원히 보리를 보내지 않기로 했다. 영원히 사랑에서 떠나지 않기로 했다. 자주 잊었지만 보리는 사랑 자체였다. 사랑에서 왔고 사랑에서 머물다가 사랑으로 떠났다.

보리가 떠오르면 때로는 지금도 눈물이 흐르지만 슬퍼서가 아니라 보리가 나 여기 있다고 알려주는 방법이라는 걸 알게 되었다. 눈물이 흐르면서도 웃을 수 있다.

살아있다는 것과 그렇지 않은 것의 경계가 희미해졌다.

잘 보내준다는 것

어느덧 보리를 보내주는데 7년을 넘어 8년이 되어간다. 떠나간 사람은 무조건 빨리 보내줘야 한다는데 동의하지 않는다. 처음엔 '님은 갔지만 나는 님을 보내지 아니하였'기 때문이었다. 시간이 지나면서는 어떻게 하면 되살릴 수 있는지 그 길을 더듬어 온 것이다. 몸이야 어쩔 수 없더라도 참된 보리 말이다.

보리를 붙잡고 있는 것은 아닌지, 보리를 위한 진정한 기도는, 보리를 잘 보내주는 것은, 보리를 진정으로 사랑하는 것은 무엇인지 묻고 또 물었다.

결국 보리를 잘 보내주는 일은 이제 그만 잊고 살아가는 것이기 보다 내 삶에 그리고 주변에 보리의 빛을 보태는 것이었다.

데이비드 케슬러의 『의미 수업』에서 감동 받은 사례가 있다. 스무 살 건강하던 아들이 뇌출혈로 갑자기 쓰러진다. 소생이 불가능해지자 부모는 아들의 심장소리를 들으며 눈물을 흘린다. 아들의 뜻에 따라 장기를 기증했고 시간이 흐른 뒤에 아들의 심장을 이식받은 남성과 연락이 닿게 된다. 결국 그를 만나 아들의 심장이 뛰는 소리를 듣고 커다란 위안을 받는다. 아름다움으로 다가왔다. 나눠줄 수 있는 게 심장만은 아니지 않을까하는 생각이 스쳤다.

보리의 미소, 밝음, 유쾌함, 천진함, 안전, 생명, 아이라는 존재의 의미, 삶과 죽음의 의미, 그리고 사랑, 이렇듯 보리가 남겨준 눈에 보이지 않는 것들을 나눌 수 있다면…. 이 생각 하나로 수없이 포기하려던 마음을 일으켜 세웠다.

나에게는 글쓰기 밖에 없었다. 롤랑 바르트는 '글쓰기는 사랑하는 대상을 불멸화 하는 일'이라고 했다. 그렇다면 나는 잘 해왔다. 사랑하는 보리를 부활시키기 위한 길에서 벗어나지 않았던 것이다.

누군가를 잘 보내준다는 건 그를 다시 살린다는 것,
그렇게 하나가 되는 것
얼음이 죽어 물로 되듯이
작은 솔잎 하나가 떨어져 흙이 되고 결국은 뿌리가 되듯이
그것은 기다림을 먹고 자란다

7년이 넘어서야 뼈가 시리게 알게 된 것은 보리를 되살려 내는 일이란 결국은 나를 되살려내는 일이었다. 부족한 모습 이대로 껴안아주고, 믿어주고, 있는 그대로 사랑하는…. 그 간단하고도 어려운 것이 시작이었고 전부였다.

누군가를 진정으로 사랑한다는 것은 있는 그대로를 사랑한다는 것이고 존재 전체를 사랑한다는 것이다. 정현종의 시 '방문객'처럼 누

군가가 나에게 온다는 것은 실로 어마어마한 일이고 누군가가 나에게서 간다는 것 또한 그렇다. 그러나 존재 자체는 가거나 오지 않는다. 보리가 나에게 가르쳐 준 것은 나를 사랑하라는 것과 중요한 건 보이는 것 너머에 있다는 것이다.

보리의 아버지가 되었으나 보리 잃음으로 나는 아버지 자격을 잃었다. 허나 그로 인해 참된 내가 되고, 아버지가 되어가는 중이다.

'왜'라는 질문의 답은 '왜 사랑하는 사람이 죽었는가'가 아니라
'왜 내가 살아있는가'에 있다.

- 데이비드 케슬러

그립고 그립고 그립다

초판 1쇄 인쇄 2023년 06월 07일
초판 1쇄 발행 2023년 06월 14일

펴낸곳   Prism
발행인   서진

지은이   조병준

책임편집   성주영

마케팅   김정현 이민우 김은비
영업   이동진

주소   경기도 파주시 광인사길 209, 202호
대표번호   031-927-9965
팩스   070-7589-0721
전자우편   edit@sfbooks.co.kr
출판신고   2015년 8월 7일 제406-2015-000159

ISBN 979-11-91769-39-5 (03810)
책값 16,500원